요한 아우구스트 스트린드베리이(JOHAN AUGUST STRINDBERG)

# 꿈
# ETT DRÖMSPEL
## 1901

2017년 7월 30일 초판 발행

**지은이** 아우구스트 스트린드베리이
**옮긴이** 이정애
**펴낸이** 홍철부
**펴낸곳** 문지사

**등록일** 1978. 8. 11(제 3-50호)

**주 소** 서울특별시 은평구 갈현로 312

**영업부** 02) 386-8451
**편집부** 02) 386-8452
**팩 스** 02) 386-8453

값 25,000원

※이 책은 출판진흥원 지원으로 제작되었습니다.

요한 아우구스트 스트린드베리이
# JOHAN AUGUST STRINDBERG

## 희곡전집
### - 17 -
(1901)

이정애 옮김

문지사

꿈
# ETT DRÖMSPEL

# 서문

## 아우구스트 스트린드베리이(August Strindberg)의 희곡, 번역 출간에…

스웨덴을 대표하는 작가로서 〈현대 연극의 아버지〉라 불리는 세계적인 극작가이자 화가! 스웨덴의 셰익스피어로 칭해지는 스트린드베리이라는 이름은 불과 몇 년 전까지만 해도 필자에게는 다소 생소한 이름이었다. 스트린드베리이의 이름을 의미 있게 접하게 된 것은 지난 2012년이었다. 2012년 당시, 스트린드베리이 서거 100주년을 기념하여 세계 곳곳에서 기념 페스티벌이 열리고 있었다. 마침 한국에서도 필자가 총장으로 재직하고 있는 동서대학교의 이정애 교수가 스웨덴어 원작 극본을 번역하여 페스티벌을 열게 되면서 스트린드베리이의 이름을 처음 접하게 되었다. 스트린드베리이는 인간의 모순과 부조리를 적나라하게 표출한 난해한 문학작품들을 많이 남겼다. 한국에서도 그의 희곡이 간간이 무대에 올려졌으나 그 난해성 때문에 크게 조명 받지 못 했다. 그 원인 중 하나가 중역본을 대본으로 사용했고, 작가에 대한 연구 없이 연출을 했기 때문이라고도 한다. 이러한 그의 작품을 이정애 교수가 한국 최초로 스웨덴어 원작을 한국어로 번역하여 페스티벌에서 선을 보였던 것이다.

작가의 작품세계를 제대로 이해하고 그와 소통하기 위해서는 작가의 삶에 대한 이해와 연구를 통해 그의 언어를 정확하게 해석해내야 한다. 이정애 교수는 스웨덴 유학 때인 1970년대 초반 학부시절부터 40여 년을 줄곧 한국 연극의 빈자리라고 말하는 스트린드베리이 연구에 매달려 오신 분이다. 단연코 국내 그 누구도 스트린드베리이의 삶과 작품세계에 대해서 이 교수만큼 정통한 사람이 없을 것이다. 더욱이, 이번 번역 작업은 평소에 알고 있던 이정애 교수와 매우 잘 어울리는 작업이라는 생각이 든다. 내가 아는 이정애 교수는 원칙이 분명하며 확고한 교육관과 철학을 가지고 계신 분이다. 기본적으로 학생들에게 본인의 모든 것을 다 내어 놓으시면서 헌신적으로 부모 역할까지 해주고 계신다. 수업뿐만 아니라 올바른 인성과 예절을 갖추도록 지도하신 덕분에 학생들이 흐트러지지 않고 생활할 수 있는 힘을 얻고 있다.

또한, 특유의 꼼꼼함으로 수업에서도 학생들이 과제를 제출하면 기본적인 글쓰기부터 빨간 펜으로 첨삭지도를 해주는데, 어떤 학생은 열 번, 스무 번씩 수정을 받기도 한다. 이 역시 '하나를 심어도 바로 심겠다'는 교육철학이 드러나는 사례가 아닌가 하는 생각이 든다. 이 같은 열정과 성실함이 바로 이정애 교수의 이번 역서에 무한한 신뢰를 갖게 되는 이유이기도 하다. 평소 이정애 교수의 성정을 잘 알기에 그 어떤 작품들보다도 빈틈없고 매우 충실하게 이루어진 역작일 것임을 믿어 의심치 않는다.

이러한 노력이 한국의 공연예술계를 한 걸음 나아가게 하는 계기가 되기를 기대하며, 이정애 교수의 학문적 성취와 건승을 기원드린다. 아울러, 우리 대학의 〈임권택 영화영상예술대학〉 학생들의 공연

에서도 이정애 교수가 번역한 스트린드베리이의 작품들을 자주 만나
볼 수 있기를 기대해 본다.

2016년 6월

동서대학교 총장
장 제 국

# 추천사 1

## 스트린드베리이 희곡 완역에 부쳐…

이정애 교수님은 세계적으로 행해지던 아우구스트 스트린드베리이(August Strindberg, 1849-1912) 서거 100주년 기념행사에 동참하기 위해 2012년, 한국에서 〈스트린드베리이 100주기 기념 축제〉를 기획하여 본인의 번역본으로 한국 무대에 올렸다. 또한 스트린드베리이가 창립한 스톡홀름의 〈Intima Teatern〉 팀을 초청해 원어공연을 번역하여 자막으로 한국 공연을 추진하기도 했다. 보이기 위한, 행사를 위한 행사가 아닌, 스트린드베리이를 전공한 유일한 한국인으로서, 후진을 위해 한국 연극계에 스트린드베리이를 바로 심기 위한 행사였다고 했다.

역자는 중역본(重譯本)이 대종(大宗)을 이루는 지금까지의 관례를 깨고 희곡 번역사상 초유의 본격 완역본을 탄생시켜 우리나라 희곡 번역사(戲曲飜譯史)에 새로운 지평을 열어간다는 관점에서 역사적 의의가 크다고 하겠다.

첫째: 한국 최초로 스트린드베리이 스웨덴 원전(原典)을 직접 번역했다는 점.

둘째: 우리나라 유일한 스트린드베리이 전공자로, 그의 희곡 60편을 혼자 완역, 하나를 해도 제대로 하겠다는 역자의 의지가 담겼다는 점.

셋째: 작가의 삶이 담긴 스웨덴의 스톡홀름대학에서 학부부터 스트린드베리이를 연구하고 프랑스 〈파리 소르본 대학 Ⅳ〉에서 박사학위를 수료하기까지, 오랜 유학생활 동안 스트린드베리이의 삶의 배경을 체험하며 그 사회의 감정, 의지, 사고와 논리, 그리고 그들의 생활이나 숨결에 따라 번역할 수 있었다는 점.

넷째: 희곡이란 문학 형식은 작가의 미묘한 내적 심리요인, 감정의 흐름, 성격, 경험, 동작 목소리까지 대사 속에 묻어 두기에 작가를 연구하지 않고는 번역에 적합한 어휘의 선택과 구사가 용이하지 않다. 하여, 역자는 그곳 언어가 가진 외연(外延)은 물론 그 말에 내포된 미묘(微妙)하고 내밀(內密)한 뉘앙스까지 놓치지 않고 집어낼 수 있는 분이라 어떤 번역본 보다 내용이 풍부하고 충실하다는 점.

다섯째: 스트린드베리이가 〈현대 연극의 아버지〉로 추앙받은 자연주의(自然主義) 작품뿐만 아니라, 그의 전반적인 희곡은 작가의 자전적인 요소가 주를 이루기에 그를 전공한 학자가 아니고서는 정확한 작품 해석이 어렵다는 점에서 40여 년간 원작자를 연구해 온 이정애 교수님이 적격자라는 점.

여섯째: 이 작품을 번역한 인간 이정애 교수님의 일상을 간과할 수 없겠다는 점. 적어도 일상에서 내가 아는 역자는 정확하고 자신에게 엄격하며 흐트러짐이 없는 분이다. 대체로 이런 분들은 매정한 면이 있지만 역자는 전혀 그렇지 않다. 오히려 놀라울 정도로 섬세하고 따사로워서 구석구석에서 체온을 느낄 수 있고 사람 냄새를 맡을 수 있는, 그래서 믿음이 가는 분이다. 그러면서도 일상에서 강력한 추진

력이 있어 큰일도 담대하게 이끌어내는 일면을 지켜보아 왔기 때문이다. 단적인 예가 스트린드베리이 희곡 완역 작업이다. 일상에서 한치 흐트러짐 없는 성상(性狀)으로 미루어 볼 때 번역본 행간(行間)에 숨어 있는 미묘한 뉘앙스, 오역(誤譯)이나 빗나간 어휘까지 빠트림 없이 모조리 집어내어 옳게 바르고 말지, 그냥 보아 넘길 위인이 아니라는 점에서 믿음이 가기에 추천하게 된 것이다. 한마디로 일상의 역자를 믿어왔듯이, 일생을 스트린드베리이 연구에 투신한 전공자의 번역을 믿는다는 뜻이다. 아울러 난해하다고 알려진 스트린드베리이의 걸작들이 한국 연극계에 깊이 있는 연출로 재탄생 되길 기대해 본다.

이정애 교수님의 건강과 학문적 성취를 기원드리며, 희곡집 완역을 전 후한 그간의 노고에 정중한 위로와 진심 어린 치하의 인사를 드린다.

2016년 6월

전 경성대학교 예술대학장
전 부산국제연극제 집행위원장
김 동 규

# 추천사 2

## 세기적 쾌거에 큰 박수를 보냅니다.

본인은 이정애 교수를 2011년 지인의 소개로 서울에서 처음 만났습니다. 한국인으로 일찍 젊은 나이에 외국에 나가, 거의 평생을 학문을 하며 지내는 분이 있다는 말은 일찍이 들은 바가 있습니다. 영어, 일어, 독어, 불어, 스웨덴어 등 5-6개국 언어에 능하며 미국과 한국 대학에서 교수 생활을 하고 있다는 것이었습니다. 동숭동 대학로 모 카페에서 처음 만났을 때 훤칠한 키에 예사 분이 아니란 걸 단번에 알 수 있었습니다.

그날 처음 만났을 때 이정애 교수는 '현대극의 아버지' 라고 불리는 스웨덴의 대표 작가, 아우구스트 스트린드베리이(August Strindberg, 1849-1912)에 대해 언급했습니다. 이제 곧 탄생 163주년, 서거 100 주년이 된다는 것입니다. 그리고 세계 방방곡곡에서 서거 100주년을 기념하기 위한 각종 행사가 국제적으로 이루어지고 있고, 자신이 한국에서의 〈스트린드베리이 서거 100주년 페스티벌〉을 기획하고 있다는 것이었습니다. 나는 이 말을 듣고 정신이 번쩍 들었습니다. 한편 부끄럽기도 하고 또한 뭔가를 해야겠다는 생각이 불현듯 들었습니다. 당시엔 제가 대한민국 문화체육관광부 산하 한국 공연예술센터(Hanguk Performing Arts Center) 이사장으로 재직 중이었기 때문에 이정애 교수의 말이 더 강하게 느껴졌다고 생각합니다.

그래서 서둘러 이정애 교수와 함께 스트린드베리이 서거 100주년 기념 국제 연극제와 학술제를 준비하기 시작했습니다. 우선 당시에 가장 왕성하게 작품 활동을 하던 연희단 거리패 연출자 이윤택, 국립극단 예술감독 손진책과 상의해, 우리 세 단체가 소유하고 있는 극장 7개를 활용하고 스웨덴 대사관의 후원으로 공연축제를 하기로 했습니다. 다행히 공연될 스트린드베리이의 모든 희곡은 이정애 교수가 이미 원어로 직접 번역해 놓았기 때문에 더 큰 의미가 있었습니다. 그동안 모두 다른 나라의 언어로 번역된 것을 우리나라 말로 중역을 하여 공연해 왔기에 오역들이 많았다고 볼 수 있습니다. 이정애 교수는 8년 동안 스톡홀름 대학 학부에서부터 스트린드베리이를 전공했고, 또한 스트린드베리이의 자의적 망명지였든 파리에서 6년을 보내는 동안 〈파리 소르본 대학 IV〉에서 '스트린드베리이의 작품 세계에 끼친 사상에 대한 분석' 논문으로 비교문학 박사학위를 수여했습니다. 역자는 거의 40여 년 동안 스트린드베리이의 문학작품 120편 중 60편의 희곡을 이미 완역 단계에 올려놓고 있습니다.

2012년, 축제 준비 차, 이윤택 연출과 저는 스웨덴의 스톡홀름으로 출발을 하였습니다. 미국에서 오는 이정애 교수와 합류하기 위해서였습니다. 이미 오랫동안 스톡홀름에서 유학생활을 한 이정애 교수는 우리들에게 있어 최고의 가이드였습니다. 능숙한 스웨덴어로 스트린드베리이의 발자취를 따라 스톡홀름의 많은 곳을 안내받으며, 우리는 스웨덴의 〈스트린드베리이 서거 100주년 기념 페스티벌〉에 동참했습니다. 스트린드베리이의 실험극장(Intima Teatern)에서의 공연 관람,

그의 미술 전시회, 박물관, 민속촌, 궁전, 전망대, 거리 등. 또한 백야가 있는 스웨덴의 독특한 기후와 자연환경, 역사적 배경과 문화, 그들만의 독특한 정서 속에서의 스트린드베리이의 삶에 대해 설명해 주었습니다. 그때 나는 깨달았습니다. 바로 이러한 독특한 환경과 문화 속에서 스트린드베리이의 걸작들이 탄생되었다는 것을. 그의 소설, 희곡, 회화 등 곳곳에서 감지되는 갖가지 경계선적(liminal) 상황들, 즉 인식과 불 인식, 삶과 죽음, 꿈과 현실 사이를 내포하는 갖가지 몽환적 분위기들 말입니다. 이런 이유로 난해한 스트린드베리이의 작품 번역은 그곳의 문화적 배경과 작가의 삶에 대한 이해와 연구 없이는 정확한 번역과 연출이 거의 불 가능한 것이라는 것을 확신했습니다.

이정애 교수는 평생에 걸쳐 스트린드베리이를 연구한 학자이며, 한국인으로서는 유일무이한 스트린드베리이 전공자 입니다. 스톡홀름에서 8년, 파리에서의 6년은 지속되는 스트린드베리이 연구와 번역 작업에 중요한 역할을 해왔던 시기다. 이번에 교정된 단막극 아홉 편과 스트린드베리이 자신이 창단한 〈실험 극장〉에서의 공연을 위해 창작된 〈캄마르스펠〉 다섯 편이 먼저 출판됩니다. 뒤이어 출판될 희곡 60편이 세상에 빛을 보게 되면 스트린드베리이 희곡, 세계 최초의 완역 판이 될 것입니다. 오랫동안 비교문학적 관점에서 스트린드베리이 연구를 해온 역자기에 그 어느 누구보다도 등장인물들의 깊은 내면의 소리, 긴 대사에 담긴 암시적 메시지, 자전적이며 상징적, 몽환적 작품의 분위기들이 심도 있게 전달되고 있음을 인지할 수 있습니다. 이번 출판은 스트린드베리이 희곡을 우리 한국 연극계에 제대로 심는다는 의미를 넘어서 확연히 문화가 다른 풍토 속에서 탄생된 걸작의 진정한 맛을 독자들에게 보여 준다는 면에서도 큰 의미가 있다고 하겠습니다. 이번 출판을 계기로 우리 한국 연극의 극작술 내지는 연극 미학이 한층 더 깊어지고 넓어지는 계기가 되기를 바라 마지 않습니다. 아울러 이 세기적 쾌거에 큰 박수를 보냅니다.

2016년 6월

중앙대학 연극영화학부 명예교수
국제극예술협회(ITI) 한국본부 회장
최 치 림

# 옮긴이의 말

大학에서 독일 문학사를 통해 "현대 연극의 아버지", 아우구스트 스트린드베리이(August Strindberg, 1849-1912)와의 첫 만남이 있은 후, 스웨덴 유학시절, 그의 고향 Stockholm에서 그와 재회할 수 있었다. 스톡홀름 대학 문학부에서 그의 자전적 소설 《고독(Ensam, 1903)》을 통해 그와의 진정한 정신적 만남이 이루어졌고, 그 순간 일종의 충격으로 다가오며 내 마음을 사로잡았다.

'언어의 귀재'로 불리는 그의 글은 영혼의 심연에서 솟아나 살아 숨쉬는 듯 했고, 서정적인 언어 감각의 민감성에 매료되어 그의 아픔을 느끼고 공감하며 함께 호흡 할 수 있었다. 그 후, 스트린드베리이는 지금까지 나의 가슴 속 깊이 각인되어 떠나지 않고 남아있다.

호기심 많은 그가 당대의 모든 사조와 다양한 분야의 학문 연구에 심취하여 재창출해낸 문학세계는 너무나 심오하여 복잡하고 어렵게 느껴지기도 했다. 허나, 그의 걸작들을 접하고 그를 연구하며 독특한 그만의 작품세계를 알아가면 갈수록 그에게 빠져들었다. 그의 작품을 통해 실존하는 모든 이웃의 이야기와 다양한 인간 유형들, 그리고 인간사를 관찰할 수 있었고 사회를 바로 직시하는 능력을 길러 가슴으로 세상을 느낄 수 있는 계기가 되기도 했다. 학부 초기부터 그에 심취되어 스트린드베리이와 그의 사상, 작품관, 그리고 작품세계 속에 내재된 배경의 영향 관계에 관심을 갖게 되어 박사과정에서는 비교문학을 전공하게 되었다.

스트린드베리이의 망명지였고, 그가 과학자로서도 지대한 업적을 남길 수 있기까지 화학실험을 했던 빠리의 소르본느 대학(l'Université de Paris-Sorbonne, Paris-IV)에서 비교문학 박사 논문을 쓰며, 스트린드베리이가 남긴 희곡 60편을 우리말로 번역하여 무대에 올리고 싶다는 소망을 가져보았다. 그에 대한 연구를 거듭할수록 그의 생애와 작품세계, 그리고 그에게 영향을 끼친 사상가와 사조들에 대한 호기심이 40년이 지난 지금도 지속되고 있다. 그를 연구하기 위해서는 너무나 다양한 분야의 학문에 접근해야만 했다. 유럽 대륙의 상황과 동떨어진 당시의 스웨덴을 직접 체험하지 않은 외국인에겐 복잡미묘한 영혼의 소유자인 스트린베리이를 연구한다는 것 또한 쉽지 않기 때문이다. 게다가 타국에서는 언어의 문제점도 따르지만 방대한 그의 저서를 접하기조차 그리 용이한 일이 아니기에 실제로 그를 전공한 외국인 또한 그다지 많지 않은 실정이다.

역자는 그의 삶의 발자취가 남아있는 스웨덴과 빠리에서 유학을 한 자로서, 또한 우리나라에서 스트린드베리이를 전공한 유일한 사람이기에 더욱 더 우리말로 번역하여 그를 한국 연극계에 바로 심어야 한다는 생각이 뇌리를 떠나지 않았다.

소위 '현대연극의 아버지'라 불리며 소극장 형태의 무대로 새로운 연극기법을 창출한 그의 희곡이 국제무대와는 달리, 우리나라에서는 공연되지 못하고 있는 실정은 그에 대한 연구자료와 번역의 부재 때

18

문이라 생각된다. 게다가 무대에 올려졌던 몇 편의 희곡도 중역본에 의존한 실정이었기에 원작에 내포된 심오한 의미가 바로 전달되지 않은 점을 부정하지 않을 수 없다. 또한 연출 면에서 희곡이 지닌 인간 심리에 대한 섬세함을 져버리고 시각적인 자극성에 더 치중한 점도 지적하고 싶다. 그의 작품들은 대중의 기호를 염두에 둔 작품들이 아닌 심리묘사가 주를 이룬다. 하여, 시공을 뛰어넘어 생명력을 지속해 나가고 있는 작품이기에 현대인들에게 더욱더 공감을 불러일으키는 것이 아닐까? 사실 너무나 파란만장한 삶을 산 그의 복잡한 영혼에 대한 깊은 연구없이 성공적인 무대를 이끌어낸다는 것은 용이한 일이 아니라고 생각한다.

현재까지도 우리에게 생소하기만 한 스웨덴의 사회적 배경과 환경을 경험하고 연구하지 않은 사람이 작품의 텍스트만으로 감히 스트린드베리이의 작품을 번역 또는 연출을 한다는 것 또한 결코 쉽지 않다. 일반적으로 그의 작품들은 난해하다고 말해진다. 그것은 다양한 사조와 사상, 신화, 당시대의 사회적 정치적 환경, 종교관, 특히 작가의 자전적 배경을 바탕으로 많은 상징성을 내포하고 있는 작품들을 간단히 해석해 내기란 쉽지 않기 때문이다. 게다가 스트린드베리이의 문법을 무시한 문장과 난해한 고어(古語)사용, 다양한 외국어, 작품 저변에 깔려 있는 많은 시대적 사조와 사상으로 인하여 번역작업과 무대연출이 난관에 부딪치기 마련이라는 점도 지적하고 싶다.

일생을 통해 호기심과 왕성한 지식욕을 지녔던 스트린드베이는 학문에 대한 욕망으로 화학, 식물학, 회화, 사진 등, 다양한 분야에서도 두각을 드러낸 인물이기도 하다. 특히 실존에 관한 영역을 답습하여 작품 속에서 인간 존재를 세분화시키고 다양한 사조의 이론을 실증적

19

인 방법으로 체계화시켰다. 그리하여 왕성한 창작력으로 희곡, 소설, 그리고 시 등, 120편(희곡 60편 포함)의 문학작품과 과학자로서도 장르를 넘나드는 논문과 지대한 업적을 남기기도 했다. 또한 그가 남긴 172점의 회화로 현재 주목 받는 화가로서 국제적인 명성을 떨치고 있을 뿐만 아니라, 한편 사진작가로서의 탁월한 재능을 보이며 세상의 이목을 끌고 있는 인물이다.

위대한 작가의 방대한 걸작들을 감히 번역해 낸다는 것이 두려움으로 다가 왔지만 용기를 내어 결심했다. 그것은 연기, 연출, 분장, 조명 그리고 무대 등, 연극 그 자체에 대 변혁을 가져온 그의 삶과 작품들을 우리나라에 소개하고, 활발한 한국 연극계에 그의 희곡을 무대에 올리게 하는 것이 사명감으로 내 마음 속에 뿌리를 내렸기 때문이다.

이념의 투쟁 가운데 퍽이나 급진적이고 다양했던 삶을 자신의 작품 속에 반영시켰던 그였기에 투쟁적이고 상처 투성이인 작가의 삶을 분석해 나가며, 그가 살았던 외로운 길을 번역 속에 녹여내 보려고 신중을 기했다. 눈 앞에 보장된 영화도 버리고 양심의 소리에 따라 가시밭길을 걸었던 그의 인생행로도 특이하지만, 일상적인 언어 사용으로 친근감 있는 표현을 통해 작품이 전달해 주는 심오성, 보편성, 진실성을 구체적인 설명없이 인간의 내면 깊숙이 내제된 문제들을 다루고 있음을 느낄 수 있다. 또한 그의 문장들은 복잡하게 분화된 것을 전체적으로 종합해 내는 특성을 띄고 있기에 개인과 사회를 총체적으로 기술하는 구성력과 탁월한 언어의 구사력, 풍부한 유머와 극적 감각으로 극을 이끌어 내는 것을 감지할 수 있다.

2012년 스트린드베리이 탄생 163주년, 서거 100주기를 맞아 그를 한국에 바로 심을 적기라 생각하고 '스트린드베리이 서거 100주년 기념 페스티벌'을 기획하며 번역에 박차를 가했다. 국제적으로 그를 기리는 페스티벌에 우리나라도 동참하여 나의 번역으로 그의 희곡을 무대에 올리고, 또한 심포지움을 통해 연극 관계자들에게 그를 접하게 한다는 것에 가슴이 떨려왔었다. 40여년간 그에 심취하여 연구를 거듭해 온 나의 꿈이 이루어진 것이다. 그의 희곡 전편이 완역되는 것은 세계 최초의 번역작업인 만큼 부담감이 큰 점을 고백하지 않을 수 없지만, 그가 남긴 120편의 문학작품 중 우선 희곡 60편을 번역, 출판하기로 결정했다. 자신의 번역을 읽으면 읽을수록 부끄러움과 아쉬움이 앞서 문장을 더 다듬어야 한다는 강박관념으로 한 작품을 끝낸다는 것이 쉽지 않았다.

작가가 의도한 무대뿐만 아니라 읽으면서도 공감할 수 있는 그의 희곡들이기에 원작에 담긴 산문체의 긴 대사와 내용, 그리고 작가가 의도하는 의미를 빠짐없이 정확히 전달하려다 보면 연극대사로서 너무 길어질 수밖에 없는 텍스트의 문제점을 알고 있었다. 원본에 담긴 산문체의 긴 대사를 배제하고 무대언어로 바꾸어야 하는지에 대한 갈등과 아쉬움도 부정할 수 없다. 그러나 표현의 딱딱함을 감수하며 오역으로 그의 사상이나 뜻에 누를 끼치지 않을까 두려워 가능한 원전에 충실키로 방향을 잡았다. 하여, 나의 번역작업이 후진들을 위해 작은 밀알이 되어 지속적인 연구로 더 나은 성과를 거둘 수 있기를 소망하며 출판을 단행해 보았다. 사실 불모지인 우리나라에서 누군가 시작을 해야만 하지 않을까?

우리에겐 스웨덴의 사회제도나 정치적, 그리고 역사와 문화적인 배경이 너무나 판이한 부분이 많아 중역이 아닌 스웨덴어 원전에서

21

최초의 한국어 번역인 만큼 그 또한 어려움이 컸다. 게다가 현대 사전에서도 찾기 어려운 단어들, 대사 또한 라틴어, 독일어, 프랑스어 등 다양한 언어를 삽입하여 등장인물들의 종교적, 문화적 배경과 대사에 암시성을 담아 내었기에 인물들의 성격을 생동감있게 묘사해 내기 위해 그 부분까지 해석하여 번역으로 소화해 나가야만 했다.

작품 배경과 등장인물들은 우리 주변에 실존 가능한 모든 이웃의 이야기다: 프로메테우스, 목사, 하녀, 시종, 사울로와 바울로, 파우스트, 부부, 정치인, 학자 등등. 그런 연유로 그를 연구하면 할수록 정의가 보이고 바른 사회가 보이며, 사랑하며 더불어 함께 사는 세계가 보인다고 한다. 사실 그의 언어가 주는 마력, 공감, 아픔은 스트린드베리이도 피력했듯이 무대에서 뿐만 아니라 읽으면서도 가슴으로 세상을 느낄 수 있다. 그것은 당시 사회문제를 잘 반영한 그의 희곡들은 시공(時空)을 초월해 21세기를 살아가는 우리에게도 적용되며 공감대를 형성하는 인간사를 다루고 있기 때문이다.

특별한 장소와 분위기가 아닌, 지하철에서도 그에 대한 이야기는 자연스럽게 토론이 될 만큼 국민들과 친숙한 생을 살았던 스트린드베리이는 당시 병든 사회 속의 아주 건강한 개혁가였다고 말할 수 있다. 우리 모두가 그의 희곡을 통해 화해와 평화를 위한, 그가 의도했던 인간 유형들을 만나고, 인간사 관찰과 사회를 인식하는 능력을 얻게 되어 세계관에 새로운 영역을 열어 가길 기대해 본다.

동시에 나의 번역을 통해 스웨덴을 대표하고 자연주의 작품으로 새롭게 창출된 소극장의 무대에서, 스웨덴 희곡을 세계적인 수준으로 부상시킨 천재작가, 스트린드베리이의 진면모를 부분적이나마 소개할 수 있는 기회를 갖게 되어 감회가 새롭다. 특별히 세계 최초로 스트린드베리이 희곡 60편이 우리 말로 완역되는 날을 앞두고 먼저 단막극과 실험극을 선두로 그의 걸작들을 시대별 혹은 사조별로 묶어 출판을 시작하기로 결정했다. 2016년, 출판한 아홉 편의 단막극(아홉 작품, vol. 07), 실험극(다섯 작품, vol. 20)에 이어 스트린드베리이가 자신의 분신이라 피력한 몽환극 《꿈(ETT DRÖMSPEL), vol 17》을 출간하게 되었다.

한편 책으로 출판되기까지 절 인도하시며 이끌어주신 주님의 은혜에 감사드린다. 또한 출판을 지원한 출판 진흥원과 까다로운 작업에 묵묵히 임해 주신 문지사 홍철부 사장님, 편집부원들, 친구 김광희 교수, 마무리 작업에 함께한 제자 박다영, 김혜진, 귀국한 후에도 스웨덴에서 스트린드베리이에 대한 새로운 정보와 기사 등을 수시로 보내주신 Erik Danfors 교수님과 가족들, 그리고 격려해 주시며 힘이 되어주신 지인들께 감사의 마음을 전하고 싶다.

2017년 6월

이 정 애

아우구스트 스트린드베리이
# AUGUST STRINDBERG

꿈
# ETT DRÖMSPEL
1901

꿈

# ETT DRÖMSPEL

1901

# 머리말

스트린드베리이는 몽환극, 《꿈》을 그의 또 다른 몽환극, 《다마스쿠스를 향하여(Till Damaskus)》와 연관시켜, 외견상으로는 논리적인 형태를 취하지만 부조리한 꿈의 형태를 흉내 내어 보려 했다. 꿈속에서는 모든 것이 일어날 수 있고, 가능하기도 하며, 존재할 수 있기 때문이다. 시공을 초월하여; 흔히 있을 수 있는 사소한 현실의 바탕 위에 환상을 엮어나가며 새로운 패턴을 짜 나간다: 추억, 경험, 자유사상, 부조리, 즉흥시가 어우러져 혼합된 형태로 전개되고 있다. 등장인물들은 나누어지기도, 늘어나기도 하며, 두 배가 되기도, 사라지기도 하는 가운데, 방대한 내용이 흩어졌다가 다시 모아진다. 그러나 의식 있는 자, 다시 말해 이상주의자는 모든 등장인물들보다 우수하게 묘사된다. 그에겐 어떤 비밀이나 모순, 양심의 가책, 규정 같은 것이 전혀 없다. 그는 심판하지 않고, 조심스럽게 언급하며, 단지 이야기로 풀어 나간다. 불안정한 줄거리를 통하여 대부분 꿈은 고통스럽고, 번번이 그다지 기분 좋은 것이 아니며, 전반적으로 우울한 톤으로 전개되는 가운데 인간들에 대한 범우주적 동정심을 표현하고 있다. 몽상가와 구원자는 종종 곤혹스러운 모습으로 자신에게 주어진 역할을 수행해 낸다. 반면에 그들은 자신이 곤경에 처할 때야 비로소 눈을 뜨게 되며, 괴로움을 겪는 자는 고통스럽기는 하지만 현실을 극복하게 되

29

는 것이다. 그렇지만 그 순간은 괴로웠던 꿈과 극복해 냈던 현실을 비교하며 기쁨을 향유하게 된다.

## 《꿈》의 서막

1906년, 스웨덴의 초가을인 9월 경, 스트린드베리이는 다음과 같은 서곡을 썼을 것이라 추정되며, 이 작품은 1907년 4월 17일 〈스뷘스카 테아테른(Svenska teatern)〉에서 하리에 부쎄(Harriet Bosse)의 주연으로 초연을 가졌다.

본문은 스트린드베리이 박물관인 블로 토-넽(Blå Tornet)에 소장되어 있는 초고를 복사한 것이지만, 그가 타자를 친 사본의 수정을 참작했다(왕립도서관. 65/41 소장). 철자는 정상화시켰고, 서곡은 요한 란드크위스트(Johan Landquist)에 의해 전집 36, s. 217ff에 처음으로 인쇄되었다.

## 《꿈》의 서막

무대 배경엔 수많은 구름 덩어리가 뒤엉켜, 마치 폐허에 남아 있는 성과
백운석 같은 바위 형태의 성곽을 만들고 있다.

별자리[1] 사자좌, 처녀좌, 천칭좌가 보이고, 그 사이에 행운을 가져다준다
는 목성(Jupiter)[2] 이 강한 빛을 발하며 흐르는 듯 움직이는 그림이 있다.


### 인드라 신의 딸[3]

(가장 높은 구름 위에 서 있다.)

---

**1** 고대 천문학에서 태양과 달의 이동 경로인 황도대(黃道帶: Zodiac)는 바빌로니아 점
성술에서 유래한 12개의 별자리(동양의 동물 12간지)가 있으며 고유의 성격을 지니
고 있다. 양좌, 황소좌, 쌍둥이좌, 게좌, 사자좌, 처녀좌, 천칭좌, 전갈좌, 사수좌, 염
소좌, 물병좌, 물고기좌가 있다.

**2** 태양계의 9개의 행성 중 가장 큰 목성은 아주 밝으며 별 사이를 흐르는 듯 움직이
는 별로 지구 가까이에서 지구상의 생명체에 중요한 역할을 하는 행성이다. 중력이
센 관계로 지구에 위협을 주는 운석을 빨아들여 운석의 충돌로부터 지구를 보호해
주고, 다른 혜성들이 떨어져 지구에 피해를 입히는 것을 지켜주는 방패막 역할을
한다. 신 중의 최고의 신인 제우스(라틴어:쥬피터).

**3** 고대 인도 신화에 Indra 신의 딸이라는 명칭은 없으며, 공기의, 창공의, 구름의, 번
개의 신으로 '인드라의 번개'를 표현한 것.

**인드라 신[4]의 목소리**
(천상으로부터 들려온다.)

사랑하는 내 딸아, 어디 있는 거야. 어디에 있단 말이냐?

**인드라 신의 딸**
여기요, 아버지. 저 여기 있어요!

**인드라 신의 목소리**
사랑하는 내 딸아, 길을 잃은 게로구나, 조심을 했어야지. 지금 넌, 깊은 수렁 속으로 빠져 들어가고 있단다 … 어쩌다가 거기까지 가게 된 거야?

**인드라 신의 딸**
천상에서 내려오는 번갯불의 강한 빛줄기를 따라 마치 마차에 오르듯 저도 모르게 구름을 타버렸어요 … 그런데 갑자기 구름이 가라앉으며, 마냥 아래로 내려가고 있는 걸요 … 최고의 신이신 나의 아버지 인드라 신이여! 지금 제가 어떤 세계로 내려가고 있는지 말씀해 주시겠어요? 숨이 막혀 질식할 것만 같아

---

4 인드라(산스크리트어: इन्दर इंद्र indra, Śakra, 팔리어: Sakka)는 인도 신화의 천신으로, 고대 인도의 브라만교의 신화적 · 종교적 · 철학적 문헌들의 근본 경전 가운데 하나인 《리그-베다(산스크리트어: ऋग्वेद, Rig-Veda)에 등장하는 신으로, 천국에 거처하는 신들의 왕. 힌두 신화에서 중요한 역할을 수행하는 천둥과 번개, 그리고 비의 신으로, 세계를 꿰뚫어 보고 신들의 불로주(不老酒), 〈소마〉를 즐겨 마셔 그의 건장함은 인간을 압도하며, 용맹스런 수호신의 이미지를 지니고 있는 정의로운 성격의 소유자.

요. 왜 이다지도 공기가 탁한 거죠?

**인드라 신의 목소리**
너는 방금 제2의 세계인 공기의 세계를 이미 떠나버렸단다.
지금은 지구라고 부르는 제3세계[5]에 들어가 있는 거야.
샤크라(Çukra)[6] 신과 샛별로부터 멀리 떨어져 있는 혼탁한 지
구에서 잘 견뎌내도록 해야 한다; 그곳에서 태양으로부터 일곱
번째 별자리인 천칭좌를 잘 주목해 보도록 하렴. 태양은 아름다
운 가을과 조화[7]를 이루며 높이 떠 있을 테지. 그곳은 낮과 밤이
동일한 무게와 비중을 지니고 있는 곳이기도 하니까 …

**인드라 신의 딸**
아버지, 지구라고 하셨나요?
달빛에 반사되는 그곳은 어둡고 살기 힘든 세계가 아닌가요?

**인드라 신의 목소리**
공전하는 우주에 존재하는 모든 천체 중에 지구는 가장 비좁고
살기 힘든 곳이란다.

---

5 리그-베다에 뿌리를 두고 있는 인도 신화에 의하면 우주는 세 개의 세계로 형성되
어 있다고 한다. 하늘(제1세계), 공기(제2세계), 지구(제3세계); 인드라신의 딸은 제1
세계인 하늘에서 두 번째 세계를 지나 제3세계인 지구에 가까워지고 있는 장면.
6 인도 점성술에서 '샤크라'는 샛별(금성)로, 기쁨과 부, 그리고 재생산을 상징하는 별
로, 그리스인들은 행성 중 가장 아름다운 별이라 하여 Venus라 부른다.
7 9월 23일 행성 Jupiter는 행복을 가져다주는 별이라 일컬어진다.

**인드라 신의 딸**
그럼 태양이 빛을 발하지 않는 곳인가요?

**인드라 신의 목소리**
항상 그런 건 아니지만 … 물론 그곳에도 태양이 빛을 발하고 있긴 있단다.

**인드라 신의 딸**
지금 구름이 사방으로 흩어지며 지구가 보이기 시작해요.

**인드라 신의 목소리**
사랑하는 내 딸아, 지금 무엇이 보이는지 말해 보겠니?

**인드라 신의 딸**
제 앞에 펼쳐 있는 … 저곳은 너무나 아름다워요 … 푸른 숲들, 파란 물, 그리고 새하얀 산들과 황금빛 전답들이 보이는군요 …

**인드라 신의 목소리**
브라흐마 신[8]이 창조하신 세상 만물의 모든 것처럼 지구는 아름다운 곳이란다. 태초의 아침은, 더욱더 아름다웠으니까.
그런데 후일, 어떤 사건이 있었단다. 변화의 소용돌이 속에서는 일어날 수 있는 사건일 수도 있지만 … 어쩌면 또 다른 것일지도 …, 아니면 악한 자들에 의한 반란일 수도 있겠지, 그런 것은 거침없이 진압시켜버렸어야만 했었는데 ……

**인드라 신의 딸**

저 아래 지구로부터 소음이 들려오고 있어요 …

저곳에 사는 사람들은 어떤 유형의 사람들인가요?

**인드라 신의 목소리**

창조주 브라흐마 신의 자녀들을 비난하고 싶지 않구나, 그곳으로 내려가 네가 그들을 직접 만나 보도록 하렴 … 지금 네게 들려오는 소리는 그들의 언어란다.

**인드라 신의 딸**

저 소리가 낯설지 않군요 … 요란스럽기만 할뿐 기쁨이 없어요.

**인드라 신의 목소리**

나도 그렇게 생각하지! 원망은 그들의 모국어니까.

소위 그것을 일컬어 소음이라고 하지, 그렇고말고!

그들에게선 기쁨을 찾아볼 수 없단다.

지구의 인간들은 감사할 줄 모르는 종족이니까 …

---

8 브라흐마(산스크리트어: ब्रह्मा)는 많은 신들 중에 하나의 신만을 섬기는 택일신교(擇一神敎)인 힌두교 신화에 등장하는 정의와 평화의 신 비슈누(산스크리트어: विष), 루드래(산스크리트어: रुद्र)의 별칭인 시바(산스크리트어: शिव)와 함께 힌두교의 삼대 신 가운데 창조의 신으로 힌두 철학에서 우주의 근본적 원리이며 최상의 원리인 우주의 근본적 실제로 우주적, 중성적 원리인 브라만(산스크리트어: ब्र, Brahman)이 인격화된 남신을 상징. 인도의 힌두교에서 네 개의 카스트 제도인 바르나(Varna: 성직자와 학자인 브라만, 안보와 국가를 통치하는 크샤트리아, 생산 활동을 하는 바이샤, 천민인 육체노동자 수드라) 가운데 가장 높은 계급으로 신성한 지식의 소유자라는 뜻을 지니고 있으며, 인도에서 가장 높은 지위인 승려 계급이다. 카스트 제도는 아리아인들이 이주할 때 생겨난 제도.

**인드라 신의 딸**

그렇게 말씀하지 마세요, 지금 저는 기쁨으로 가득한 환호성을 듣고 있는 걸요, 총성과 굉장한 소음이 들려오고, 번갯불도 보여요, 종소리가 울려 퍼지고, 사방에서 불이 켜지고 있어요, 수천 개의 목소리가 어우러져 수천 번씩 하느님께 영광을 돌리는 찬양을 드리고 있는 걸요 ··· 아버지께선 ··· 인간들을 너무 혹독하게 심판하시는 것 같아요.

**인드라 신의 목소리**

그곳에 내려가 네 스스로 보고, 듣고, 그런 후 돌아오도록 하렴, 그때도 그들의 원망이 옳다고 생각한다면 내게 말을 해 다오. 그들은 매사에 원인이나 근본적인 것에 대해 불평을 늘어놓으니까.

**인드라 신의 딸**

아무튼, 저곳으로 내려가 봐야겠어요. 아버지, 저를 따라와 주세요!

**인드라 신의 목소리**

그럴 수가 없단다, 저곳에선 도저히 숨을 쉴 수가 없으니까 ···

**인드라 신의 딸**

구름이 점점 가라앉고 있어요! 가슴이 답답해 오는군요, 숨이 막힐 것만 같아요 ··· 제가 숨 쉬고 있는 공기는 마치 연기와 물이 뒤섞인 것 같이 ··· 혼탁하기만 해요, 이렇게 답답할 수가 없

어요, 점점 아래로, 아래로, 지구의 소용돌이 속으로 끌려들어
가고 있어요. 제3세계인 지구는 인간들에게 최상의 낙원이 아
닌 것 같아요 …

**인드라 신의 목소리**
그곳의 삶은 최상이 아니지, 그렇다고 최악도 아니란다.
그곳엔 먼지와 흙이라 부르는 물질들이 공중에서 다른 물질들
과 뒤섞여 떠돌고 있지. 그 종족들은 미친 짓과 부조리의 중간
경계선상에서 … 때론 현기증을 느끼기도 한단다. 얘야, 용기를
가져야 해, 그건 단지 하나의 시험에 불과하니까 …

**인드라 신의 딸**
(무릎을 꿇고 주저하지 않는다, 그때 구름이 덮인다.)

추락하고 있어요!

막이 내린다.

무대 배경에는 활짝 핀 접시꽃들이 거대한 숲을 이루고 있다; 위쪽엔 흰색, 분홍색, 붉은 자주색, 노란색, 보라색 꽃들, 그 꽃봉오리들 너머로 마치 왕관을 닮은 것 같은 성채의 황금빛 지붕이 보인다. 성벽 아래에는 퇴비가 뿌려져 덮여있고, 그 위에는 밀짚 다발들이 널려있다.
양쪽 이동식 배경에는 벽화에 그려진 건축물과 풍경들이 함께 잘 조화를 이루며 극이 끝날 때까지 고정되어 있다.

(**유리 장수**와 **딸**이 무대에 등장한다.)

**딸**
지구에는 아직도 성(城)이 자라고 있군요 … 아버지는 저 성이 작년보다 얼마나 자랐는지 알고 계세요?

**유리 장수**
(혼잣말로.)

내 평생 저 성을 지켜봐 왔다만 … 글쎄다, 성이 자란다는 말은 금시초문이구나 … -확고한 신념을 갖고 딸에게.- 아니야, 한 자세치 정도는 자란 것 같기도 해. 아마 그건 거름을 주었기 때문인지도 모르지 … 유심히 잘 지켜보면 햇살이 강한 저 익면(翼

面)이 파손되어 있는 것을 발견할 수 있을 거야.

**딸**

하지도 지났으니 이제 곧 꽃들이 피기 시작하겠죠?

**유리 장수**

저 위에 있는 꽃들이 보이지 않니?

**딸**

네, 보여요! -손뼉을 친다.- … 아버지, 거름을 준 밭에서는 왜 꽃들이 잘 자라는지 아세요?

**유리 장수**

(경건하게)

거름을 준 밭의 흙 속에서는 행복하지 않기 때문인지도 몰라, 꽃들은 최대한 멀리 멀리, 한시 바삐 밝은 세상을 향해 나오려고 서두르니까. 아마 서둘러 꽃을 피우고 죽어버리려는 건지도 모르지!

**딸**

누가 저 성에서 사는지 아세요?

**유리 장수**

물론 알았었지, 그런데 왠지 전혀 기억이 나지 않는구나.

**딸**

저곳엔 분명히 죄수 한 사람이 앉아 있을 거예요 … 그 사람은
제가 자기를 구해 줄 것이라 믿고 저를 기다리고 있는 걸요.

**유리 장수**

그럼 그 대가가 무엇이란 말이냐?

**딸**

꼭 해야만 한다고 생각하는 일에 대한 대가는 바라고 싶지 않아
요. 이제 우리 성안으로 들어가 보도록 해요! …

**유리 장수**

암, 그래야지, 그럼 가보도록 하자꾸나!

※

두 사람은 양쪽으로 열리는 무대 배경 안으로 천천히 걸어 들어간다.
장식이라고는 찾아 볼 수 없는 무대에는 탁자 하나와 몇 개의 의자만 놓
여 있는 소박한 방이 있다. 의자에는 아주 특이한 현대식 유니폼을 입은
장교 한 사람이 몸을 흔들며 탁자에 사브르(軍刀)를 두들기고 앉아있다.

**딸**

(장교에게 다가와 천천히 사브르를 뺏는다.)

이러시면 안 돼요! 제발 부탁이니 이러지 마세요!

**장교**

아그네스,[9] 제발 사브르를 돌려줘요!

**딸**

이러시면 안 돼요, 탁자를 부숴버릴 작정이세요! ―아버지를 향해.― 어서 마구간으로 가서 유리를 갈아 끼우시고, 잠시 후에 다시 만나도록 해요!

**유리 장수**

(간다.)

※

**딸**

당신은 이 방에 갇혀 있는 죄수로군요; 당신을 구하러 왔어요!

**장교**

얼마나 기다렸는지 모릅니다, 하지만 당신이 올 것이라는 기대

---

**9** Agnes(291-304)는 그리스어로 '순결'을 뜻하며, 12살에 순교한 가톨릭의 4대 순교 성녀 중의 한 사람으로, 로마에서 활동한 동정녀 순교자로 축일은 1월 21일이다. 어린 양(라틴어 Agnus)과 함께 있는 모습으로 묘사되는 그림을 볼 수 있다.

는 하지 않았어요.

**딸**

이 성은 너무나 견고한 것 같아요, 성벽이 일곱 개나 되더군요.
그렇긴 하지만 — 잘 될 거예요! --- 정말 이곳으로부터 빠져
나가길 원하시는지 모르겠군요. 혹시 원치 않는 건 아니겠죠?

**장교**

솔직히 말하자면 … 나도 잘 모르겠어요. 어느 쪽이든 고통스러
운 건 마찬가지죠! 매번 인생에서 기쁨을 누릴 때는, 그보다 두
배로 더 큰 슬픔을 겪어야만 했으니까요. 난, 이곳에서 전혀 행
복하지 않아요. 만일 내가 자유를 얻게 된다면, 그것의 세 배가
되는 대가를 지불하게 될지도 모르는 일이지만, … 다시 말해
고통이란 돈으로 말이죠! — 아그네스, 오직 당신을 바라볼 수
만 있다면 내가 이곳에 갇혀 있는 것쯤은 아무 상관없어요!

**딸**

나에게서 무엇을 볼 수 있나요?

**장교**

아름다움이죠. 아름다움이란 우주의 조화니까요 — 아름다운
선율이 울려 퍼지는 가운데, 오로지 아른거리는 영롱한 빛이 발
산하는 태양계의 궤도 안에서나 찾아 볼 수 있는 선(善)을 당신
에게서 발견할 수 있어요 — 당신은 천상의 딸이니까요 …

**딸**

당신도 마찬가지예요!

**장교**

그런데 왜 나는 말이나 지키고 있어야만 하는 거죠? 게다가 마구간 청소까지 해야 하고 지푸라기나 치워야만 하는 걸까요?

**딸**

당신이 그곳을 벗어나길 갈망하기 때문이겠죠!

**장교**

물론 갈망하고 있지요. 그러나 그곳을 벗어난다는 것은 아주 힘든 일이죠!

**딸**

광명 속에서 자유를 찾는다는 것은 당신의 권리예요!

**장교**

나의 권리라고 했나요? 삶은 나에게 결코 그런 권리를 부여해준 적이 없었어요!

**딸**

살면서 상처를 많이 받으신 것 같군요?

**장교**

맞아요, 너무나 불공평한 삶을 살아왔으니까요 …



※



칸막이 뒤에서 목소리가 들려오다 곧 사라진다. **장교**와 **딸**이 그곳을 향해 쳐다본다. 그런 후 서로 몸짓을 하며 굳어진다.

병든 **어머니**가 탁자 앞에 앉아 타고 있는 양 기름으로 만든 양초의 심지를 가끔씩 자르며, 탁자 위에 바느질을 끝낸 새 셔츠들을 쌓아놓고 거위털로 만든 펜으로 검은 표시를 하고 있다. 좌측엔 밤색 옷장이 놓여있다. **아버지**가 스페인 풍의 실크 쇼올을 탁자 위에 올려놓는다.

**아버지**

(부드럽게.)


여보, 이것이 맘에 들지 모르겠구려?

**어머니**

여보, 가당치 않게 화려한 실크 쇼올이라니. 곧 죽을 내가 이런 것이 무슨 소용이 있겠어요?

**아버지**

아니 당신은 의사의 말을 다 믿는단 말이요?

46

**어머니**

그렇기도 하지만, 적어도 내 맘의 목소리를 믿는 거죠.

**아버지**

(슬프게.)

그토록 심각한 거요? --- 그 무엇보다도 자식들을 생각해야지 않겠소!

**어머니**

그 애들은 내 생명과 같아요! 나의 자랑이며 … 또 나의 기쁨과 슬픔이기도 하죠 …

**아버지**

여보, 용서해 주구려 … 그 모든 것을!

**어머니**

아니 무슨 말을 하시는 거예요? 당신을 용서하라니요? 우린 서로 괴롭히며 살아왔잖아요, 왜 그랬을까요? 물론 우리 자신도 알 도리가 없겠죠! 우린들 별 수가 있었겠어요! --- 더 이상 말하지 마세요! … 여기 아이들 새 속옷들이니 수요일과 일요일, 일주일에 두 번씩은 꼭 갈아입히도록 하세요. 로비사가 세탁을 잘 해줄 거예요. --- 목욕도 자주 시키도록 하시구요 --- 외출하시려구요?

**아버지**

그렇소. 사무실에 나가봐야 해요! 열한 시까지는 가야만 해서.

**어머니**

여보, 나가기 전에 알프레드를 좀 불러주세요.

**아버지**

(장교를 가르킨다.)

사랑하는 당신 아들이 저기 서 있지 않소!

**어머니**

이젠 눈까지 침침해서 잘 보이지 않으니 끔찍하기도 하지 … 벌써 날이 어두워오는군 … −양초 심지를 자른다.− 알프레드! 이리가까이 오렴!

※

**아버지**

(방에서 나가며 고개를 끄덕하며 작별인사를 한다.)

※

**장교**

(어머니 앞으로 다가간다.)

**어머니**

저기 서 있는 처녀는 누구지?

**장교**

(속삭인다.)

아그네스예요!

**어머니**

아니, 아그네스라니? 사람들이 뭐라고 수군대는지 알고 있니?
-- 저 애는 인드라 신의 딸인데, 이 구원의 땅에 살고 있는 인
간들의 모습이 궁금해서 이곳에 내려오길 자청했다고 하더구나
--- 그런데 저렇게 묵묵히 서 있기만 하다니! ---

**장교**

그럼요, 신의 딸이니까요!

**어머니**

(큰 소리로)

내 아들, 알프레드, 이제 내가 이 세상을 하직할 시간이 온 것 같
구나. 이제 곧 너희 형제들 곁을 영원히 떠나야만 해 … 그 전에

네가 평생 기억해 둬야 할 점에 대해 한마디만 남기고 싶구나!

**장교**

(슬픔에 젖어.)

말씀하세요, 어머니!

**어머니**

단 한마디만 할 게, 절대로 신에게 대적해서는 안 되는 거야!

**장교**

어머니, 무슨 말씀이세요?

**어머니**

이제 더 이상 삶이 너를 괴롭혀 왔다고 생각해선 안 되는 거야.

**장교**

하지만, 사람들이 저를 불공평하게 취급할 때는 …

**어머니**

네가 억울하게 벌을 받았던 그 일을 말하고 싶은 게로구나. 그래, 네가 훔쳤다고 의심 받았던 그 돈이 나중에 발견됐던 사건 말이겠지!

**장교**

물론이죠! 그때 받은 모욕으로 인해 제 인생은 마냥 뒤틀려버리고 말았으니까요 …

**어머니**

그래, 그랬을지도 모르지! 저기 옷장으로 가보도록 해라 …

**장교**

(창피한 듯이.)

잘 아시면서 그래요! 그것은 …

**어머니**

알고 있고말구 … 그렇다면 … 스위스 작가 로빈슨[10]의 책 얘기를 해보자꾸나!

**장교**

더 이상 그 얘긴 하고 싶지 않아요! …

---

**10** 목사인 스위스 작가 Johan David Wyss(1743-1818)의 작품인 《스위스의 로빈슨 가족(Der schweizerische Robinson, 1855)》을 뜻함: 스위스를 출발해 오스트레일리아로 가던 로빈슨 가족이 태풍을 만나 무인도에 표류하게 되자, 온 가족이 지혜롭게 힘을 합쳐 극복하여 섬을 탈출하게 된다는 줄거리로, 돋보이는 가족애를 그린 소설. 이 작품은 유작으로 베른(Bern)에서 교수였던 그의 아들, 요한 루돌프 뷔스(Johann Rudolf Wyss)에 의해 완성되어 1812-27년 사이 4부작으로 출판되었다.

**어머니**

그랬었지. 네가 그 책을 찢어 저 옷장에 감춰버렸으니 … 네 형이 대신 벌을 받았던 거잖아!

**장교**

정말 우린 수없이 이사를 했고, 게다가 형은 이미 십 년 전에 죽었잖아요! 그런데 이십 년이 지난 지금까지도 저 옷장이 그대로 남아있다니 ---

**어머니**

하지만, 그게 무슨 상관이 있다고 그러니? 그 일이라면 네 스스로에게 물어보는 게 좋겠지. 그때부터 너는 네 최고의 인생을 파멸로 몰아갔으니까! --- 저기 리나가 오는구나!

※

**리나**

(들어온다.)

마님, 정말 진심으로 감사드리지만 전, 세례를 받으러 갈 수가 없을 것 같아요 …

**어머니**

아니, 왜?

**리나**

실은 … 입고 갈 옷이 없는 걸요!

**어머니**

여기 내 실크 쇼올을 빌려가도록 하렴!

**리나**

별말씀을 다 하시는군요, 절대 그럴 순 없어요!

**어머니**

도무지 널 이해할 수가 없구나! 그건 내게 아무 쓸모없는 물건에 지나지 않아. 게다가 이제 난 더 이상 나들이할 기회조차도 없을 테니까 …

※

**장교**

아버지께서 아시면 뭐라고 하시겠어요? 그건 아버지께서 어머니께 사드린 선물이잖아요?

**어머니**

어쩜, 모두들 그토록 인색한지 모르겠구나 …

※

**아버지**

(지나가며 머리를 들이민다.)

아니 당신은 내가 준 선물을 하녀에게 빌려준단 말이오?

**어머니**

그렇게 말하지 말아요 … 나 역시 하녀 출신이라는 것을 생각해
보세요 … 도대체 당신은 죄 없는 이 아이에게 왜 그토록 모진
말로 마음의 상처를 안겨주는 거죠?

**아버지**

그런 당신은 왜 당신 남편의 마음에 상처를 안겨주는 거요 …

**어머니**

아니, 무슨 인생이 이런지 몰라! 뭔가 좀 아름다운 일을 해보려
하면, 사람들은 색안경을 끼고 보며 불평이나 해대고 … 누구에
게 좀 잘 하려 들면, 그 사람을 아프게 만드니 … 휴우, 무슨 인
생이 이런지! ─양초의 심지를 잘라버려 촛불이 꺼진다. 무대는 어둠에

쌓이고 칸막이는 아버지와 어머니를 가린다.

※

**딸**

인간들이 불쌍해요!

**장교**

그렇게 생각하시는군요!

**딸**

그래요. 이 세상을 살아간다는 것이 힘든 것 같긴 하지만 사랑의 힘이 모든 것을 이겨내도록 해 줄 거예요![11] 어서 가도록 해요. 우리 어디 지켜보도록 하죠!

(그들은 무대 배경을 향해 간다)

※

---

11 라틴어 "Amor Omnia vincit(사랑은 모든 것을 이긴다.)"에서 유래한 어법.

무대의 막이 오르고 새로운 무대가 나타난다; 새로운 무대의 막은 흉한 내화 성벽을 대신하고 있다. 성벽 중앙에 위치한 창살이 쳐 있는 출입문은 한 그루의 거대한 아코니툼(Aconitum)[12]이 있는 밝은 녹색 빛이 감도는 광장을 잇는 낭하로 통하고 있다.

왼쪽엔 머리에 쇼올을 쓴 여자 문지기가 출입문에 앉아 코바늘로 별무늬 담요를 뜨고 있다. 오른쪽엔 광고업자가 광고 게시판을 닦고 있고, 그 옆엔 초록색 손잡이가 달린 채그물이 놓여있다. 조금 떨어진 곳의 오른쪽 문 꼭대기에는 네 잎 클로버[13] 모양의 환기통이 있는 문이 보인다. 창살이 쳐 있는 출입문 좌측에는 새까만 나무둥치와 연녹색 잎사귀들이 조금 남아 있는 가느다란 보리수나무가 서 있다. 그 아래로 지하실의 채광 환기 창이 보인다.

**딸**

(여자 문지기에게로 다가간다.)

별무늬 담요는 아직 완성되지 않았나요?

**문지기 여인**

그렇단다, 귀여운 아가씨! 이런 작품 하나를 만들려면 이십육 년이란 세월은 아무것도 아니지!

---

**12** 학명인 그리스어, Aconitum은 바꽃으로 열이 많고 매운맛을 지닌 독성이 강한 뿌리에 진통제를 뽑아내는 유독식물로 류머티즘, 중풍, 신경통 약으로 쓰인다.
**13** 행운의 네 잎 클로버를 암시한다.

**딸**

약혼자는 아직도 돌아오지 않았나 봐요?

**문지기 여인**

그래, 아직도! 그렇지만 그 사람의 잘못이 아니야. 어쩔 수 없이 떠나야만 했으니까 … 불쌍한 사람이지; 그게 벌써 삼십 년 전의 일이었다니!

**딸**

(광고업자에게.)

이 아주머니께서 발레 공연을 한 적이 있다는 것이 맞나요, 정말이에요? 저 위의 오페라좌에서?

**광고업자**

그녀는 수석 무용수였지 … 어느 날 갑자기 약혼자가 훌쩍 떠나버린 후, 마치 그녀의 춤마저 송두리째 갖고 가버린 것 같았으니까 … 안타깝게도 그가 떠나버린 뒤에는 발레의 배역조차 맡지 못했다니까 …

**딸**

모든 사람들은 말로, 아니면 … 적어도 눈빛으로 … 온통 불평 불만을 늘어놓고 있군요.

**광고업자**

채그물과 초록색 활어 탱크[14]를 얻은 뒤에는 이제 더 이상 불평 같은 건 하지 않아 …!

**인드라 신의 딸**

그런 것들이 아저씨를 행복하게 해주나요?

**광고업자**

그럼, 아주 행복하게 해주지, 그것도 아주 많이 … 그건 내 젊은 시절의 꿈이었으니까 … 벌써 내 나이 오십이긴 하지만 … 이제 그것이 현실이 되었으니 행복할 수밖에 …

**딸**

오로지 채그물과 활어 탱크를 위해 살아온 오십 년의 세월이라니 놀랍기만 하군요 ….

**광고업자**

그래, 허긴 오직 초록색 활어 탱크만을 위한 세월이었다고 말할 수 있겠지, 그래 초록색이야 − − −

**딸**

(여자 문지기에게.)

---

**14** 빙어류(스톡홀름 오페라좌 옆에서 흐르는 강에서 서식하는 물고기.)를 잡는 낚시도구로, 채그물은 초록색 탱크를 갖추고 물고기들이 탱크 외벽에 붙으면 포획하여 작은 탱크로 거두어들인다.

아주머니의 쇼올을 좀 빌려주시겠어요. 여기 앉아 이 세상 사람들을 지켜보고 싶어요! 그렇지만 제 뒤에 서서 사람들이 묻는 말에 대답은 해주셔야 해요! -쇼올을 두르고 출입문에 앉는다.-

**문지기 여인**

오늘이 마지막 공연날이군 … 오페라가 문을 닫으니 … 곧 그들은 돌아오는 계절의 차기 공연에 출연할 수 있을지 그 여부를 알게 될 테지 …

**딸**

그렇다면 출연을 못하게 되는 사람은 어떻게 되나요?

**문지기 여인**

글쎄 말이야. 하느님 맙소사, 이제 그들을 지켜보도록 하자구나 … 쇼올을 앞으로 당겨 머리에 푹 써야겠어, 난 …

**딸**

인간들이 불쌍해요!

**문지기 여인**

저길 좀 봐! 한 사람 오고 있잖아! --- 울고 있는 것을 보니 … 선발되지 못한 게 분명한 게야 …

※

**가수**

(오른쪽에서 손수건으로 눈물을 닦으며 출입문을 향해 달려 나온다, 출입문 바깥으로 나와 멈춰서더니 잠깐 벽에 머리를 기대고 멍하니 서 있다가 급히 퇴장한다.)

**딸**

인간들이 불쌍해요! ---

**문지기 여인**

그렇지, 저길 좀 보렴; 행복한 사람이란 저렇게 보이는 거야!

※

**장교**

(창살이 있는 출입문 입구로 들어온다 ; 정장 차림으로 코트와 봉쥬르 모자[15]를 쓰고 장미 부케를 손에 들고 기쁨에 차 있다.)

**문지기 여인**

저 청년은 빅토리아[16]와 결혼할 사람이잖아! ---

---

**15** 19세기 남성들의 외출 차림으로, 더블 단추에 무릎까지 오는 코트와 높은 모자를 썼다. 그러나 높은 봉쥬르 모자는 노동자 계층에 속하지 않았다.
**16** 고대 로마신화에 나오는 승리의 여신. 빅토리(Victoria)는 라틴어로 '승리'를 의미한다.

**장교**

(무대의 맨 앞쪽에 서서, 위를 응시하며 빅토리아를 부른다.)


빅토 …리 …아 …!

**문지기 여인**

빅토리아는 곧 나올 거야!

**장교**

정말이겠죠! 마차는 대기 중이고, 근사하게 차려진 식탁도 준비
되어 있어요, 물론 샴페인은 얼음에 채워두었죠 … 아가씨, 아
주머니, 포옹을 하고 싶어요! –딸과 여자 문지기를 끌어안는다. 노래
한다.– 빅토 …리 …아 …!

**위로부터 여자의 목소리**

(노래를 하듯 화답한다.)


나 여기 있어요!

**장교**

(슬슬 거닐기 시작한다.)


그래요! 기다릴게요! ---

※

**딸**

절 기억하시겠어요?

**장교**

아뇨, 내 머릿속엔 오직 한 여인만의 생각으로 가득 차 있는 걸요 ⋯ 바로 나의 빅토리아죠. 칠 년이란 세월 동안 이곳에서 그녀만 기다려 왔어요 ⋯ 정오가 되고, 차츰 태양이 굴뚝 위에 걸리고, 저녁이 찾아들기 시작해 밤의 어둠이 내려깔릴 때까지 ⋯ 여기 이 아스팔트를 좀 보세요. 진실한 내 애인의 자취를 찾아볼 수 있을 거요! 만세! 그녀는 나만의 것이야! -노래한다.- 빅토⋯리⋯아⋯!

(그는 아무런 대답을 듣지 못한다.)

그래, 지금 그녀는 옷을 갈아입고 있는 거야!

(광고업자에게.)

저기 채그물이 보이는군요! 오페라 주변 사람들은 저 채그물에 미치는 것 같아요 ⋯ 좀 더 정확하게 말하자면 물고기에 집착한다는 말이죠! 말 못하는 물고기들이니 노래를 부를 수는 없으니까요 ⋯ 오페라 감상을 하려면 돈이 얼마나 드나요?

**광고업자**

아주 비싸지!

**장교**

(노래한다.)

빅토 …리 … 아 …! --- -보리수나무를 흔든다.- 이 나무가 다시
푸르기 시작했어요. 여덟 번째죠! --- -노래한다.- 빅토 …리
…아 …! --- 지금 그녀는 앞머리를 손질하고 있을 거야! ---
-딸을 향해.- 아주머니 제발 부탁입니다, 제가 올라가 나의 신부
를 데려올 수 있도록 해주세요! ---

**문지기 여인**

무대 뒤에는 그 누구도 들어갈 수 없는 거야!

**장교**

이곳에서 칠 년이란 세월을 기다렸어요! 칠 곱하기 삼백육십오
일은 이천오백오십오 일이 되죠! -멈춰 서서 네 잎 클로버 장식이
있는 문을 만진다.- --- 이 문이 향하고 있는 곳이 어딘지도 모
른 채 이천오백오십다섯 번씩 이 문을 만져 보았어요! 저 네 잎
클로버 장식은 빛을 들여보내고 있군요 … 누구를 밝혀주려고
빛을 들여보내는 걸까요? — 도대체 저 안에는 누가 있는 거죠?
누군가 살고 있긴 있는 건가요?

**문지기 여인**

난, 아무것도 아는 것이 없어! 지금까지 한 번도 저 문이 열리는 것을 본 적이 없으니까! ---

**장교**

그것은 마치 제가 네 살 때 본 것과 같은 ⋯ 식료품 저장실 문 같아요, 어느 일요일 저녁이었죠. 하녀를 따라 그녀의 친구가 일하는 집에 놀러 갔던 적이 있어요. 매번 우린 그렇게 다른 집에 놀러 다니곤 했으니까요. 그런데 부엌 외에 다른 곳에 들어가는 것은 금지되어 있었죠. 그래서 우리는 부엌의 물통과 소금 상자[17] 사이에 앉아 있어야만 했어요; 내 인생에서 수없이 많은 부엌을 보았지만, 어디든지 문간방엔 둥근 공기구멍과 네 잎 클로버 모양의 조각이 붙어 있는 식료품 저장실이 있더군요! --- 그러나 이곳 오페라좌는 부엌이 없을 테니, 물론 식료품 저장실도 없겠죠! -노래한다.- 빅토 ⋯리 ⋯아 ⋯! --- 아주머니, 혹시 나의 빅토리아가 이곳으로 나오지 않고 다른 길로 나오는 건 아니겠죠?

**문지기 여인**

무슨 소릴, 다른 길이라곤 없는 걸.

---

**17** 스톡홀름의 상수관은 1860년대에 시작되어 부엌 문 앞에 설치되었고, 소금을 저장해 두는 뚜껑이 있는 소금 상자는 화덕 곁에 두는 것이 일반적이었다.

**장교**

그렇다면 정말 천만다행이군요. 그럼 확실히 그녀를 만날 수 있을 테니까요!

**극장 사람들**

(달려 나와 장교를 에워싼다.)


※


**장교**

그녀는 곧 이곳으로 올 거예요! --- 말씀해 주세요, 아주머니! 저기 푸른 아코니툼[18] 말이에요! 저 나무는 제가 어릴 때부터 지켜 봐 왔어요 … 아마 같은 꽃이겠죠? --- 어느 목사님 관저가 생각나는군요. 제가 일곱 살 때였어요 … 그곳에 비둘기 두 마리가 앉아 있었죠, 두 마리의 푸른 비둘기는 저 모자 아래에 앉아 있었어요 … 그런데 그때 벌 한 마리가 날아와 그 아코니툼 속으로 들어갔어요. … 그때 저는 "이젠 내가 널 잡았어"라고 생각하며 꽃을 움켜쥐었어요. 그 순간 그 벌은 저를 쏘았고, 저는 그만 울음을 터트리고 말았죠 … 그때 사모님이 오셔서 제

---

**18** 아코니툼은 꽃송이의 꽃받침의 꽃잎이 마치 헬멧처럼 생겼고, 긴 두 개의 줄기가 있다. 꽃잎이 꽃꿀을 머금고 있어 벌들과 곤충들이 날아든다. 검푸른 꽃을 피우는 아코니툼 나펠루스(Aconitum napellus)를 푸른 비둘기라고 부르기도 하며, 뿌리에 독성이 있어 약재로도 쓰인다.

상처에 젖은 진흙을 발라 주시더군요[19] … 그런 후, 우린 저녁식사로 산딸기와 우유를 마셨죠! --- 벌써 어두워지기 시작하는군요! — 광고업자 아저씬 어디로 가실 건가요?

**광고업자**

집에 가서 저녁이나 한 술 떠야겠어!

**장교**

(눈에 손을 갖다 댄다.)

저녁이라고요? 이 시간에 벌써? — 아가씨! --- '자라는 성(城)' 안에 잠깐 들어가 전화 좀 해도 될까요?

**딸**

무슨 일이신가요?

**장교**

유리 장수에게 전화해서 이중창을 달도록 해야겠어요. 곧 겨울이 될 테니까요. 난 추위를 끔찍하게 타거든요. -문지기 여인이 있는 곳으로 들어간다.-

※

---

**19** 벌레에 물렸을 때 진흙을 발라 통증을 없애주는 민간요법.

**딸**

빅토리아가 누군가요?

**문지기 여인**

그 장교가 사랑하는 여자야!

**딸**

정확한 대답이군요! 그녀의 존재가 타인들에게 무엇이든, 그 장
교는 상관하지 않겠죠! 그녀는 오로지 그의 사랑을 위해 존재할
뿐이니까요, 그녀는 그런 존재임이 분명해요! ---

(어둠이 사방을 완전히 덮는다.)

**문지기 여인**

(입구에 등불을 밝힌다.)

오늘은 빨리도 밤이 찾아오는군!

**딸**

신들에겐 일 년이 일 분에 지나지 않는 걸요.

**문지기 여인**

하지만 인간들에겐 일 분이 일 년 같이 느껴지니까!

※

**장교**

(먼지를 뒤집어쓰고 다시 등장한다. 장미는 모두 시들어 버렸다.)

그녀는 아직 나오지 않았나요?

**문지기 여인**

그런 것 같아!

**장교**

분명히 나올 거예요! --- 그녀는 분명히 나온다니까요! -서성
거린다.- --- 그래 맞아. 어쩌면 … 그래 일단 저녁은 취소하는
것이 현명할지도 몰라! … 너무 늦었으니까! --- 그래, 그래야
겠어! -들어가서 전화를 한다.

※

**문지기 여인**

(딸에게.)

이제 나의 쇼올을 돌려주렴!

**딸**

아니에요. 가서 좀 더 쉬도록 하세요; 제가 아주머니의 일을 대신해 드릴 게요 --- 이 세상 사람들과 그들의 삶을 더 알고 싶어서 그래요. 그들이 말하는 것처럼 과연 그들의 삶이 그다지도 고달픈 것인지 확인해 보기 위해서 말이죠.

**문지기 여인**

이곳 경비실에선 절대로 잠이 들면 안 되는 거야. 밤이건 낮이건 절대로 잠을 자선 안 되는 거란다 …

**딸**

밤에도 잠을 자면 안 된다는 건가요?

**문지기 여인**

물론이지. 만약 할 수만 있다면 잠을 깨우도록 팔에 줄을 감고 있는 것이 좋을 거야 --- 극장을 둘러보는 야경꾼들이 세 시간마다 교대를 하거든 …

**딸**

그건 정말 고문과도 같군요 …

**문지기 여인**

아가씬 그렇게 생각하지만, 우리 같은 사람들은 이런 일자리를 얻은 것만으로도 얼마나 기쁜지 몰라. 하긴 내가 얼마나 시기를 받고 있는지 안다면 아마 깜짝 놀랄지도 모르지 …

**딸**

시기를 받고 있다니요, 무슨 말씀이세요? 사람들은 고문을 당하고 있는 사람까지도 시기를 하나 보죠?

**문지기 여인**

그렇다니까! --- 아마 잘 모를 테지? 야간 근무와 노역, 바람과 추위와 습기보다 더 힘든 것이 내가 겪어야만 했던 일들이야. 말하자면 저 위에 있는 사람들의 불행한 속사정들을 다 들어줘야 하는 일이니까 … 모두들 왜 나를 찾아오는 건지 알겠어? 아마 험한 세월을 보내며 수많은 고뇌로 새겨진 내 얼굴의 주름살이 그 사람들에게 신뢰감을 주는지도 모르지 … 이것보라고 순진한 아가씨야, 난 삼십 년이란 세월을 한결같이 나 자신뿐만 아니라 타인들의 고통까지도 이 쇼올 안에 감추며 살아왔으니까! ---

**딸**

이 쇼올은 너무나 무겁기만 하고, 쐐기풀처럼 찌르기까지 하는군요 …

**문지기 여인**

그토록 원하니 어디 한번 쇼올을 두르도록 해 보렴 … 그것이 너무 힘들면, 그땐 나를 부르도록 하렴. 그럼 내가 와서 교대해 줄 테니까!

**딸**

그럼 안녕히 가세요! 아주머니께서 잘 견뎌내셨으니, 저도 견뎌내야겠죠!

**문지기 여인**

해보면 알게 될 거야! --- 아무튼 우리 귀여운 친구들에게 친절하게 대해 줘, 그리고 그들의 불평불만에 지치지 않았으면 좋으련만. —

(회랑으로 사라진다.)

무대가 칠흑 같은 어둠 속에 싸여 있는 동안 무대장치가 바뀐다: 보리수나무는 앙상한 가지만 남아있고, 파란 아코니툼은 검게 시들어 버렸다; 다시 날이 밝아오자 초록빛 회랑은 갈색의 가을 빛을 띤다.

**장교**

(날이 밝아오자 밖으로 나온다. 그의 머리와 수염은 백발로 변해있다. 옷은 닳아 헤어졌고, 찌든 때로 셔츠의 깃은 새까맣게 변한 채 흐늘흐늘해졌다. 꽃은 시들어 떨어져 버렸고, 그는 앙상한 가지만 남은 장미 부케를 든 채 서성대고 있다.)

모든 조짐으로 봐서 여름은 끝나가고 — 가을이 곧 찾아올 것 같은데 — 저기 보리수나무와 아코니툼이 보이는군! --- -서성댄다.- 그렇지만 나에겐 가을이 봄날이야. 가을이 되면 새로운 공연이 시작될 테니까! 그러니 그녀는 꼭 와야만 해! 아가씨, 기

71

다리는 동안 이 의자에 잠깐 앉아있어도 될까요?

**딸**

앉으시죠, 저는 서있어도 괜찮으니까요!

**장교**

(앉는다.)

잠깐이나마 눈을 붙일 수만 있다면, 기분이 조금 나아질 것 같기도 한데! …

(그는 잠깐 동안 눈을 붙인 후, 튀어오르듯 급히 깨어나 서성댄다; 네 잎 클로버 조각이 있는 문 앞에서 문을 만져보곤 한다.)

이 문, 난 이 문이 조금도 편하게 느껴지질 않아 … 저 뒤엔 무엇이 있단 말인가? 분명히 뭔가 있긴 있을 텐데 말이야!

(발레 곡에 맞춰 조용하게 음악이 흐른다.)

그래! 드디어 연습이 시작되었어! −무대는 마치 등대처럼 간헐적으로 밝게 비치곤 한다.− 뭘 하고 있을까? −불빛의 깜박거림에 따라 장단을 맞춘다.− 밝았다, 어두웠다; 밝았다, 어두웠다?

**딸**

(그를 따라 한다.)

낮과 밤; 또다시 낮과 밤! --- 자비로우신 신의 섭리가 당신이 기다리는 시간을 짧게 해 주고 있어요! 그래서 낮은 화살처럼 빨리 지나가버려 밤을 붙드는 거예요!

(차츰 주변이 밝아진다; 광고업자가 채그물과 광고를 붙일 도구를 손에 들고 들어온다.)

### 장교

저기 채그물을 든 광고업자가 오고 있군 … 물고기는 많이 잡았나요?

### 광고업자

암, 물론이지! 여름이라 덥고 낮이 좀 긴 듯한 감이 있긴 있지만 … 채그물은 아주 풍성했으니까. 하지만 내가 기대했던 것만큼은 아니었어!

### 장교

(힘주어 말한다.)

내가 생각했던 것만큼은 아니었다고 했나요! --- 정말 기가 막힌 말이군요! 그 어떤 것도 내가 생각했던 것만큼은 아니더라고요! … 사실 생각이란 행동보다 차원이 높기 때문인지도 모르죠 … -서성거리다 장미 가지로 벽을 쳐 마지막 잎들이 우수수 떨어진다.-

**광고업자**

빅토리아는 아직도 나오지 않은 거야?

**장교**

네, 아직은요. 하지만 곧 나올 거예요! --- 그런데 아저씬 저 문 뒤에 뭐가 있는지 알고 계세요?

**광고업자**

아니, 난 한 번도 저 문이 열린 것을 본 적이 없으니까.

**장교**

대장장이에게 저 문을 열어 달라고 전화를 해야겠어요.

(공중전화 부스로 간다.)

**광고업자**

(광고 포스터를 한 장 붙이고 우측으로 간다.)

**딸**

채그물에 무슨 문제라도 있었나요?

**광고업자**

문제라니? 전혀 없어, 문제는 없었지만 … 내가 기대했던 것만큼은 아니었으니까, 다시 말해 수확이 그다지 크지 않았다는 말이야 …

**딸**

아저씨는 그 채그물에 어떤 기대를 하셨나요?

**광고업자**

어떤 기대냐고? --- 그건 대답할 수가 없구나 …

**딸**

그럼 제가 말해 보도록 할까요! --- 아저씬 지금의 채그물이
아닌 다른 것을 상상하셨겠죠! 아마 풍성한 초록색 채그물[20]을
원하셨겠지만 그 채그물이 생각했던 정확한 초록색이 아니었던
거예요!

**광고업자**

아무튼! 부인은 잘도 아시는군, 그래! 모든 걸 정말 잘도 알고
있단 말이야 — 그래서 모두들 고민만 있으면 당신을 찾아오는
모양이로군! --- 그렇다면 내 고민도 한 번 들어줄 수 있으면
좋으련만 …

**딸**

기꺼이 들어드리도록 할게요 … 이곳으로 오셔서 모든 괴로움
을 다 털어놓도록 하시죠 …

(그녀는 자신의 방으로 들어간다.)

---

**20** 주:14 참조.

**광고업자**

(창밖에 서서 말하고 있다.)


※


다시 칠흑 같은 어둠이 내려덮이고, 그런 후 다시 날이 밝아온다; 이제 보리수나무에는 녹음이 우거지고, 아코니툼은 꽃을 피우며, 초록빛 밝은 광장으로 이어지는 회랑에는 햇살이 비치고 있다.

**장교**

(등장; 나이기 들어 흰머리가 희끗희끗하다; 누더기 옷을 입고 닳아빠진 구두를 신은 채 장미 부케에 남아 있는 앙상한 가지들만 손에 들고 이리저리 돌아다닌다; 마치 노인처럼 느릿느릿 움직이며 광고를 읽는다.)


※


**발레 소녀**

(우측으로부터 등장.)

**장교**

빅토리아 양은 갔나요?

**발레 소녀**

아뇨, 아직 가지 않았어요!


**장교**

그럼 기다려야겠군! ─ 분명히 곧 오겠죠?


**발레 소녀**

(심각하게.)


분명히 올 거예요!


**장교**

조금만 기다려 줘요! 대장장이를 불렀으니, 이제 저 문 뒤에 뭐가 있는지 볼 수 있을 테니!


**발레 소녀**

문이 열리는 것을 보게 된다니! 그건 정말 흥미진진한 일이군요. 저 문과 '자라는 성'이라니, 당신은 '자라는 성'을 아시나요?


**장교**

그걸 아느냐고? ─ 난 그곳에 죄수로 갇혀 있었는 걸요!


**발레 소녀**

아니, 그럼 당신이 바로 그 사람이었단 말인가요? 그곳은 왜 그토록 말이 많은 거죠?

**장교**

어쩔 수 없이 성에서는 말이 많을 수밖에 없는 것 같아요 …

**발레 소녀**

(고통스럽게.)

나는 왜 이렇게 바보 같은지 몰라! 그런 것도 모르다니!

※

**합창대원**

(우측에서 등장.)

**장교**

빅토리아 양은 떠났나요?

**합창대원**

(심각하게.)

아뇨, 떠나지 않았어요! 절대로 떠나지 않을 거예요!

**장교**

그건 바로 날 사랑하기 때문이죠! --- 문을 열어 줄 대장장이
가 오기 전에 이곳을 떠나서는 안 돼요.

**합창대원**

오! 문이 열리게 된다니! 어쩌면 좋아, 정말 흥미진진하잖아!
--- 문지기 아주머니에게 여쭤볼 게 있어요!


※


**프롬프터**

(우측에서 등장.)

**장교**

빅토리아 양은 떠났나요?

**프롬프터**

아뇨, 내가 알기로는!

**장교**

그것 보라지! 그녀가 나를 기다리고 있다고 말했잖아요! 문이
열릴 테니 떠나지 말아요.

**프롬프터**

어떤 문 말인가요?

**장교**

그럼 또 다른 문이 있다는 건가요?

**프롬프터**

이제야 알겠어요: 네 잎 클로버가 있는 문 말인가요? --- 그렇다면 절대로 이곳을 떠나지 않아야죠! — 아무튼 문지기 아주머니랑 얘기를 좀 해야겠어요!


※


광고업자 주위에 발레 소녀, 합창대원, 프롬프터가 모여 문지기 여인 방의 창문 밖에 서서 돌아가며 딸에게 말을 건다.

**유리 장수**

(출입문으로 들어온다.)

**장교**

대장장이신가요?

**유리 장수**

아니, 대장장이는 손님이 있어 못 왔어. 이까짓 건 우리 같은 유리 장수가 해도 아주 잘 하니까.

**장교**

그럴 수 있겠죠 ――― 그럼 ⋯ 아저씨도 다이아몬드 칼을 갖고 계신가요?

**유리 장수**

물론이지! 유리 장수가 다이아몬드 칼이 없다면, 그게 유리 장수겠어?[21]

**장교**

그건 그렇죠! — 이제 그만, 슬슬 일을 시작하도록 해 볼까요! - 두 손을 탁탁 친다.- ―――

**모두**

(문쪽으로 모여든다.)

**합창 대원들**

(방랑 시인(Meistersinger)의 의상[22]을 입고, 혹은 오페라 아이다에 등장하는 무용수들[23]의 모습으로 오른쪽에서 등장하여 모여 있는 작은 군중

---

**21** 다이아몬드는 강도가 아주 강한 물질이기에 유리를 재단하는데 쓰이는 공업용 다이아몬드 칼은 유리 장수에겐 의무적인 도구라는 뜻.

속으로 합류한다.)

※

**장교**

대장장이 아저씨 — 아니지, 유리 장수 아저씨 — 이제 임무를
수행토록 하시죠!

**유리 장수**

(다이아몬드 칼을 들고 앞으로 나온다.)

**장교**

아저씨, 우리 인생에 이런 순간이 자주 있는 것이 아니잖아요,
그래서 아저씨께 ··· 아주 잘 생각해 보시라는 말씀을 드리고 싶
은 거예요 ···

---

**22** 독일의 Richard Wagner(1813–1883)의 3막 오페라, 〈뉘른베르크의 마이스터징어
(Die Meistersinger von Nürnberg)〉에 나오는 서민계급에서 생긴 방랑 시인들이
다. 이 오페라 줄거리를 상징적으로 내포됨.
**23** 이태리의 Giuseppe Verdi(1813–1901)의 대표적인 4막 7장의 오페라. 서사적이고
비극적이며 역사성을 띤 〈Aida〉는 합창에 큰 비중을 두어 압권을 이루며 합창과
독창이 융합되는 웅장한 스케일의 작품이다. 발레 또한 주요한 요소로 도입되어
무용수들이 등장한다.

**경찰**

(앞으로 나온다.)

법에 의해서 이 문을 여는 것을 금하오!

**장교**

오, 하느님 맙소사. 뭔가 새롭고 큰일을 해보려는데 무슨 시비람! --- 그럼 재판을 받을 수밖에 없겠군! --- 우리 변호사를 찾아가 보도록 합시다! 법이 얼마나 정당한 건지 어디 한 번 두고 보도록 하죠! ― 자, 모두 변호사 사무실로 가도록 합시다!

※

막이 열리자, 변호사 사무실로 변한 무대: 입구의 문은 원상태에서 법정 사무실 문의 역할을 하며 무대의 정면으로 통하고 있다. 문지기 아주머니의 방은 변호사 사무실로 변한 채 열려있고, 잎이 떨어진 보리수나무는 모자와 옷을 거는 옷걸이로 변모해 있다; 광고 게시판엔 공고와 판결문이 붙어있고 네 잎 클로버가 조각되어 있는 문은 서류를 넣어 둔 벽장문으로 변신해 있다.

프랙 코트에 흰 머플러를 목에 두른 변호사가 안쪽 출입문 왼쪽에 종이가 잔뜩 쌓여 있는 책상 앞에 앉아있다. 그의 모습은 형용할 수 없는 고통 속에 젖어있다; 핏기 없는 얼굴엔 주름살투성이고, 눈 아랫부분이 검은 자줏빛으로 거무스름하게 그늘져 보이고 추한 모습이다. 직업상 어쩔 수 없이 그런 상황에 처할 수밖에 없음을 암시하며, 그의 얼굴엔 모든 범죄들이 반영되어 쓰여 있다.

두 명의 서기들 중 한 사람은 외팔이고 다른 한 사람은 애꾸눈이다.

('문이 열리는 것'을 지켜보려고 모여든 사람들은 그대로 남아있다. 지금은 그들이 마치 변호사 사무실을 방문하기 위해 기다리는 사람들처럼, 그리고 항상 그곳에 서있었던 것과 같이 느껴진다.)

딸(쇼올을 감고 있다)과 장교가 무대 앞쪽에 서있다.

**변호사**

(딸 앞으로 다가간다.)

아가씨, 그 쇼올을 내게 줄 수 있나요? --- 벽난로에 불이 제대로 지펴질 때까지 벽에 걸어 두었다가, 나중에 그 모든 슬픔과 불행들을 쇼올과 함께 몽땅 태워버릴 생각이요 ---

**딸**

아직은 때가 아니랍니다, 저는 이 쇼올이 완전히 가득 차길 원해요. 무엇보다 당신의 고통과 범죄와 비행, 도둑질, 중상모략, 비방 같은 모든 것을 거두어들이고 싶으니까요 …

**변호사**

아가씨, 하지만 그러기엔 당신의 쇼올이 충분히 크지 않아요!

84

이 벽들을 좀 봐요; 이 지상의 모든 죄상이란 죄상이 그 위에 퇴색되어 있는 것이 보이지 않나요? 또 이 종이들도 보세요! 나는 백지 위에 불의에 대한 이야기들을 쓰고 있어요! … 나를 좀 보라니까요! … 이곳엔 웃는 얼굴을 가진 사람은 한 사람도 오지 않아요. 다만 악한 눈길들과 위협적인 태도로 주먹을 불끈 쥔 사람들만 올 뿐이죠 … 모두들 악의와 시기, 그리고 의구심으로 나를 괴롭히고 있어요. 이것 보세요. 내 두 손은 까맣게 물이 들어 결코 씻어 지울 수가 없는 지경이 되어 버렸다니까요! 당신 눈엔 갈라지고 피나는 내 손이 보이지 않나요? … 게다가 옷이란 옷은 단 며칠밖에 입을 수가 없어요. 그건 다른 사람들이 지은 죄의 악취가 묻어 풍기기 때문이죠 … 가끔 이곳의 공기 정화를 위해 유황[24]을 피워보지만, 그것 역시 그다지 도움이 되지 않더군요! 그저 한쪽 귀퉁이에서 웅크리고 새우잠을 자면서 오직 죄에 대한 악몽만 꾼답니다 ――― 현재는 살인사건에 대한 소송을 맡고 있어요 ――― 그건 그런대로 견딜 만해요, 가장 끔찍한 것이 뭔지 알아요? ――― 이혼이죠! ― 그건 마치 지구의 땅 밑바닥에서 솟아올라 하늘까지 치솟는 아우성과 같아요! ――― 그 아우성은 선천적으로 타고난 재능과 모든 중요한 문제의 원인들, 또 사랑에 대한 배신행위에 대항하는 것이지요! … 알고 있나요? 그들의 상호 비난하는 글들로 가득 찬 오백 장이나 되는 종이들 말이요! 결국 자애로운 사람들의 경우엔, 부부 중 한 사람이 상대의 귀를 살짝 꼬집으며 미소 띤 얼굴로 도대체 당신

---

**24** 유황을 태운 증기, 황산화물은 소독 혹은 살균을 위해 사용하여, 피부병 치료에도 사용된다.

은 남편에게 혹은 아내에게 무슨 불만이 그렇게 있냐는 단순한 질문을 던지곤 해요. 그럼 그는 ― 혹은 그 아내는 ― 대답을 못하고 묵묵히 서있기만 하죠. 그들은 그 이유를 도무지 알 수 없으니까요! 한 번은 ― 인생살이의 상처 때문이었고, 또 한 번은 말 한마디 잘못해서, 그리고 거의 모든 경우의 이혼은 별것도 아닌것이 원인이었죠! 아무튼 그것엔 고통과 괴로움이 따르기 마련이죠! 그런 것을 내가 짊어져야만 했으니! --- 내 모습을 좀 보세요! 당신은 내가 범인의 몰골을 하고 한 여인의 사랑을 얻을 수 있다고 생각하나요? 당신은 사람들이 세상 곳곳에 빚이란 빚은 다 지고 사는 나 같은 사람과 친구가 되고 싶어 한다고 생각해요? --- 아마 당신은 인간으로 산다는 그 자체가 얼마나 고통스러운 일인지 모를 거요!

**딸**
인간들이 불쌍해요!

**변호사**
맞아요! 우리 인간들이 살아가고 있는 모습은 영원한 수수께끼죠! 사람들은 사천 크루나가 꼭 필요한 경우에, 이천 크루나의 수입만 있어도 선뜻 결혼을 한다니까요 --- 결국 돈을 빌리게 될 수밖에 없는 거죠. 모두들 예사로 돈을 빌린다니까요! 그렇게 죽을 때까지 그럭저럭 살아가는 거죠 --- 집집마다 그런 식으로 빚을 지며 살고 있어요! 그 빚을 어떻게 갚아야 할지 감히 그 누가 대답을 해 줄 수 있겠어요!

**딸**

공중의 새를 기르는 천부시겠죠!²⁵

**변호사**

맞는 말이죠! 만일 공중의 새를 기르시는 천부께서 우리가 사는 지상에 내려와 인간들이 불쌍하게 사는 모습을 보길 원하신다면, 어쩌면 동정심을 갖게 될지도 모르죠 …

**딸**

인간들이 불쌍해요!

**변호사**

맞아요. 그 말이 정말 맞는 말인 것 같소! ― -장교에게.- 도대체 자네가 원하는 것이 뭔가?

※

**장교**

단지 빅토리아 양이 떠났는지 묻고 싶을 뿐이에요!

---

**25** 신약성경, 마태오 복음서 6:26을 암시함. "하늘의 새들을 눈여겨 보아라. 그것들은 씨를 뿌리지도 않고 거두지도 않을 뿐만 아니라 곳간에 모아두지도 않는다. 그러나 하늘의 너희 아버지께서는 그것들을 먹여 주신다. 너희는 그것들보다 더 귀하지 않으냐?"

**변호사**

걱정 말게, 그녀는 아직 떠나지 않았으니 진정하도록 하게.
--- 그런데 내 서류장은 왜 만지고 있나?

**장교**

이 문이 아주 닮았다는 생각에 …

**변호사**

무슨 그런 말을! 아니야! 아니지!

(교회의 종소리가 들린다.)

※

**장교**

마을에 장례식이라도 있는 건가요?

**변호사**

천만에, 수여식이 있지. 박사 수여식 말이야! 내가 대학에서 법
학박사를 수여 받을 예정이니까! 아마 자네도 박사학위를 받고
월계관을 쓰고 싶겠지?

**장교**

그럼요. 왜 그렇지 않겠어요? 그런 건 언제나 작은 즐거움이 될 수 있으니까요 …

**변호사**

이제 우리 슬슬 엄숙한 식장으로 자리를 옮겨보도록 할까? — 가서 학위복으로 갈아입도록 해야겠지!

장교는 퇴장한다; 무대가 어두워지면서, 무대 장식이 바뀐다. — 새로운 무대는 예배당으로 바뀌었고, 난간은 교회 성가대의 기능을 갖는다. 광고판은 찬송가 번호판으로 대용했고; 보리수나무 옷걸이는 장식이 달린 커다란 촛대로 변해 있다; 변호사의 책상은 학위 수여자의 연단으로; 클로버 조각이 있는 문은 교회의 성구 보관실로 통한다. ---

봐그너의 희가곡 〈뉘른베르크의 마이스터징거(Die Meistersinger von Nürnberg, 1862-1867)〉[26]에서 모방하여 방랑 시인들은 전달자가 되어 장대를 들고 서있고, 무용수들은 월계관을 머리에 쓰고 있다. 나머지 사람들은 관중이 되어 서있다.

커튼이 오르자, 새로운 무대의 하단에는 건반이 보이는 웅장한 파이프 오르간이 보이고 그 위엔 오르가니스트가 의식을 지켜볼 수 있는 거울이 준비되어 있다.

교회의 중앙 회중석에는 음악이 울려 퍼진다. 양쪽으로 인문학, 신학, 의학, 법학의 네 학부에서 나온 토론자들이 앉아있다.

---

26 빌헬름 리하르트 봐그너(Wilhelm Richard Wagner, 1813-1883)가 작곡한 구체적인 시대와 공간을 갖는 작품으로 16세기 중반 뉘른베르크에서 일어났던 이야기를 다룬 희가극으로, 마이스터징어들을 풍자화한 작품.

무대는 잠깐 동안 텅 비어있다.

## 학위 전달자

(오른쪽에서 등장.)

## 무용수들

(월계관을 든 손을 앞으로 내밀고 뒤따라 들어온다.)

## 세 명의 학위 취득자

(좌측으로부터 한 사람, 한 사람 뒤를 이어 들어온다, 무용수들에 의해 월
계관이 씌워지고, 그런 후 오른쪽으로 퇴장한다.)

## 변호사

(월계관[27]을 받기 위해 앞으로 나간다.)

## 무용수들

(등을 돌려 그에게 월계관을 씌워주는 것을 거부하고 퇴장한다.)

## 변호사

(당황하며 기둥에 몸을 기댄다.)


(모두 이동하고 변호사만 혼자 남는다.)

---

**27** 당시에는 일반적으로 법학박사에게는 학위 모자가 씌워졌고 인문 철학박사들에겐
월계관이 씌워졌다.

※

**딸**

(들어온다. 머리에서 어깨까지 드리워진 미사보를 쓰고 있다.)

이것 좀 보세요, 방금 쇼올을 세탁했어요 --- 아니 아저씬 왜 이러고 계세요? 박사학위를 못 받으셨나요?

**변호사**

그렇단다, 자격 미달이었으니까.

**딸**

왜죠? 불쌍한 사람들의 사건을 담당하고, 범죄자들에게 유리한 변론을 해주며, 빚진 자의 짐을 덜어주기도 하고, 실형을 받은 사람들을 집행유예로 만들었기 때문이란 말인가요? … 분명 인간들에겐 재앙이 닥칠 거야 … 그들은 천사가 아닌 불쌍하기 짝이 없는 존재들이니까!

**변호사**

인간들에 대해 너무 혹평을 하지 않았으면 좋겠어. 내가 그들을 변호해야 한다는 사실을 잘 알고 있을 텐데 …

**딸**

(오르간에 몸을 기댄다.)

그들은 왜 친구들의 뺨을 후려치는 걸까요?

**변호사**

더 나은 방법이 무엇인지 잘 모르기 때문이겠지!

**딸**

우리가 그들을 교육시키도록 해요! 할 수 있겠죠? 나와 함께!

**변호사**

그들은 교육을 좋게 받아들이지 않아! ··· 오오, 우리 인간들의
불평불만이 저 천상에 계신 신에게 닿을 수만 있다면 ---

**딸**

꼭 전달될 거예요! --- -오르간 곁에 몸을 세운다.-
당신은 내가 이 거울에서 무엇을 보고 있는지 아세요? --- 세
상이 거꾸로 뒤집혀 있어요! --- 그건, 이 세상이 뒤죽박죽이
되어버렸기 때문이겠죠! ---

**변호사**

어떻게 세상이 이토록 뒤죽박죽이 되어버렸을까?

**딸**

허위투성이들이 온통 이 세상을 장악하고, 지배하고 있기 때문
이겠죠 ···

**변호사**

아가씨 말이 맞아요! 허위투성들이지 … 항상 난 이 세상에 잘
못된 것들이 너무 많다고 생각하니까 … 내가 이데아론적인 세
상을 그려보기 시작하면, 현실 세계의 모든 것이 만족스럽지 않
아 … 사람들은 나를 만족할 줄 모르는 사람으로 취급하며, 만
사를 왜곡하고 부정적인 시각을 지닌 사람이라고 비난을 해대
기만 하니까 …

**딸**

그래요, 이 세상이 온통 너무나 부조리투성인 것은 사실이예요!
저기 네 개의 학부에서 나온 저 토론자들을 보세요! --- 보수
적 성향의 정부는 저 네 사람 모두에게 보상을 해주겠죠: 하느
님에 관한 학문인 신학은 항상 공격을 받으며, 철학자들로부터
조롱을 당하고 있어요. 철학자는 자신이 가장 지혜로운 사람인
양 으스대고 있잖아요! 의학자들은 철학을 부인하고 있죠. 게다
가 신학을 과학으로 간주하지도 않고 미신이라고 불러요 … 그
런데 같은 대학에서 일하는 행정직의 사람들은 하나같이 젊은
청년들에게 대학에 대한 존경심을 주입시키려 든다니까요! 저
곳은 정말 정신병원 같아요! 그들 중에 가장 먼저 현명해지는
자가 불행해질 뿐이죠!

**변호사**

제일 먼저 깨달아야만 할 자는 신학자라고 생각해요! — 그들은
자신들의 연구를 위해 신학은 터무니없는 학문이라고 가르치는
철학자들의 수업을 듣고 있다니까! 그런 후 신학 수업에서는 철

학이 터무니없는 학문이라고 가르치는 거야! 미친 사람들이지, 그렇지 않아?

**딸**

그렇다면, 학문을 위해 존재하는 법학자들을 제외한 모든 사람들의 공복인 법관들은 어떨지 모르겠군요!

**변호사**

정의라는 것은 공정해야 하는 것인데, 오히려 그것을 지키려는 사람을 죽이는 원인이 되기도 한다니까! --- 자고로 공정하다는 것, 극단적으로 공정하다는 것이 가장 부당한 법이지!!![28]

**딸**

이 세상 인간들! 그렇게 이 세상 사람들은 자기 스스로를 만신창이로 만들어가며 살고있군요!

(그의 머리에 가시면류관을 올려놓는다.)

이제 변호사 아저씨를 위해 제가 연주를 해드리겠어요!

(그녀는 오르간에 앉아 미사곡 '주님, 자비를 베푸소서!'[29]를 연주하지만 전자 오르간 소리 대신, 사람들의 노랫소리가 들린다.)

---

**28** 라틴어의 표현법의 "Summum jus, summa injuria(최고의 법은 최고의 불의이다!)"를 암시한 것.

**아이들의 목소리**

영원한 주님! 영 … 원 … 한 … 주 … 님 …! –마지막 곡조는 길게
늘어진다.

**여자들의 목소리**

용서하 … 소 … 서 …! –마지막 곡조는 길게 늘어진다.

**남자들의 목소리(테너)**

자비로우신 하느님 우리를 구원하여 주 … 소 … 서 …! –마지막
곡조는 길게 늘어진다.

**남자들의 목소리(베이스)**

하느님 아버지, 당신의 불쌍한 자녀들을 구원하여 주시고, 당신
의 노여움에서 벗어나게 하여 주소서!

※

**모두들**

저희를 용서하여 주소서! 저희의 기도를 들어주소서! 죽은 자들

---

**29** Kyrie eleison!는 구약 성경 시편 6:3, 31:10에 근거한 기도 송. '주님, 자비를 베
푸소서.그리스도님 자비를 베푸소서. 주님, 자비를 베푸소서'. 또한 대미사에서 연
도로 선창자를 따라 암송하기도 한다. "영원하시고, 전능하신 하느님, 자비를 베푸
소서." "주님, 저희의 기도를 들어주소서."

에게 자비를 베풀어주소서! ─ 영원하신 주님! 왜 당신은 저희
들로부터 멀리 계시나이까? --- 영원하신 하느님! 깊은 심연
으로부터 간구하오니 당신의 불쌍한 자녀들에게 무거운 짐을
지지 않게 도와주소서! 저희의 기도를 들어주소서! 저희의 기도
를 들어주소서!


※


무대가 어두워지며, 딸이 일어선다. 변호사가 그녀에게 다가온다. 새로운
조명이 무대 장식을 바꿔준다; 오르간은 〈핑갈의 동굴 서곡〉[30]으로 바뀌
고 전자 오르간의 관은 〈핑갈 동굴〉의 현무암으로 만들어진 기둥으로 바
뀐다. 기둥 사이로 밀려들어온 바닷물이 부서지며 화음을 이룰 때 바람소
리와 어우러진 파도소리가 들려온다.

---

**30** 아름다운 현무암 기둥의 Fingals Cave는 스코틀랜드의 서해안 헤브리디스
(Hebrides)의 Staffa Island에 있는 화산섬인 무인도. 동굴 바닥이 바다 표면 아래
에 있는 해저 동굴로 파도가 들이치며 만들어내는 화음이 울려 퍼져 '음악 동굴'
이라고 불리기도 한다. '핑갈(Fingal)'이라는 명칭은 스코틀랜드의 전설 속 영웅의
이름에서 따왔다. 크고 작은 육각형의 현무암 기둥들로 둘러싸인 거대한 홀의 형
태를 이루고 있는 이 동굴의 내부에 파도가 들이치며 만들어내는 소리는 흡사 대
성당에서 메아리치는 거대한 파이프오르간의 울림을 방불케 한다. 독일의 낭만파
작곡가 멘델스존(Jacob Ludwig Felix Mendelssohn-Bartholdy, 1809~1847)은
해저동굴인 '핑갈 동굴'에 거친 파도가 끊임없이 부서지고 있는 장엄함과 웅대함,
그리고 광활한 바다의 분위기와 전설에 깊은 감명을 받아 상징적인 선율과 섬세
한 묘사로 신비로운 풍광을 담아내어 1829, 〈헤브리데스 서곡(핑갈 동굴의 서곡
op. 26)〉을 작곡했다. 이 곡을 들은 독일의 가극 작곡가 리하르트 바그너(Wilhelm
Richard,1813-1888))는 그를 "탁월한 음의 풍경화가"라고 격찬을 했다.

**변호사**

아가씨, 지금 우리가 어디에 와 있는 거죠?


**딸**

무슨 소리가 들리세요?


**변호사**

물방울 떨어지는 소리가 들리는 것 같아요 ---


**딸**

그건 인간들이 울 때 떨어지는 눈물이에요 … 또 무슨 소리가 들리나요?


**변호사**

한숨 짓는 소리 … 바람 부는 소리 … 바람의 탄식 소리가 들리는 것 같아요 …


**딸**

이곳까지 들려오는 그 소린 죽은 자들의 탄식하는 소리랍니다 … 하지만 더 이상 멀리는 가지 않을 거예요 … 왜 저 끝없는 탄식을 하고 있는 걸까요? 삶이 그들에게 기쁨을 안겨주지 못했나 보죠?


**변호사**

그럼요, 가장 감미로운 것이 가장 쓰디쓴 법이니까 … 바로 사랑이란 것이죠! 아내와 가정! 그것은 최상의 것이기도 하지만 최하의 것이기도 하니까!

**딸**

저도 그런 것을 한 번쯤 경험해 보고 싶어요!

**변호사**

나와 함께?

**딸**

당신과 함께! … 당신은 결혼 생활의 장해물들이 어떤 것인지 잘 알고 있으시잖아요. 그러니 우린 그런 것을 잘 피해 갈 수 있을 테니까요!

**변호사**

내가 형편없는 가난뱅이란 사실을 아는지 모르겠군요!

**딸**

우리가 서로 사랑한다면 그런 것이 무슨 상관이 있겠어요? 아름다운 작은 행복은 돈이 들지 않는 걸요!

**변호사**

내가 싫어하는 것이 바로 아가씨의 그 동정심인지도 몰라!

**딸**

그런 것쯤은 잘 조절해 나가면 되는 거죠!


**변호사**

만일 우리가 서로에게 지치게 될 땐 어쩌죠?


**딸**

아이들이 태어나면 항상 새로운 기쁨을 안겨줄 거예요!


**변호사**

아가씨, 정말 당신은 가난뱅이에 못 생겼고, 멸시당하며 살고 있는 나 같이 소외된 인간을 진정으로 원한단 말이오?


**딸**

물론이죠! 그러니 우리 운명을 함께 하도록 해요!


**변호사**

그렇다면 그렇게 해보도록 합시다!


막이 내린다.

변호사 사무실의 아주 소박한 방. 우측에는 두 개의 닫집이 달려 있는 커다란 캐노피 더블침대가 창가에 놓여 있다.

좌측에는 스토브 위에 냄비가 올려져있고, 크리스틴은 창문 안쪽에 종이를 붙이고 있다.

무대 안쪽에는 사무실을 향해 있는 문이 열려있고; 그곳에서 가난한 사람들이 사무실에 들어갈 순서를 기다리고 서있다.

**크리스틴**
난 종이를 붙여요, 종이를 붙이고 있어요!

**딸**
(창백하고 여윈 모습으로 난롯가에 앉아있다.)

지금 당신은 공기를 차단시키고 있어요! 숨이 막힐 것만 같아요! …

**크리스틴**
이제 아주 작은 틈새만 남아 있는 걸요!

**딸**

난 공기가 필요해, 공기가, 숨을 쉴 수 없을 지경이라니까!

**크리스틴**

난 종이를 붙여요, 종이를 붙이고 있어요!

**변호사**

(손에 종이 한 장을 들고 문에 서있다.)

난방비도 비싼데 크리스틴이 잘 하고 있군 그래!

**딸**

무슨 말을 하는 거죠! 그건 마치 당신이 내 입에 풀칠을 해 봉해 버리는 것만 같단 말이에요!

**변호사**

애들은 자고 있소?

**딸**

네, 방금 겨우 잠이 들었어요!

**변호사**

(부드럽게.)

애들 아우성에 고객들이 놀라서 도망치듯 가버리더군!

**딸**

(다정하게.)

어쩌면 좋죠?

**변호사**

별도리가 없는 거지, 어떡하겠소!

**딸**

좀 더 큰 아파트로 옮기면 안 될까요!

**변호사**

돈이 있어야지!

**딸**

창문을 좀 열어도 될까요? 이 탁한 공기에 숨이 막혀 죽을 것만
같아요!

**변호사**

그럼 온기가 밖으로 다 나가 버리고 말겠지. 그러면 우린 추위
에 떨게 될 것이 불 보듯 뻔한 일이잖소!

**딸**

그건 너무 끔찍해요! --- 당신의 사무실 바닥 청소를 해도 될
까요?

**변호사**

당신은 바다 청소를 할 기운이 없는 사람이잖소. 나 역시 마찬가지만, 그러니 크리스틴에게 종이를 붙이게 해야지. 한 치의 빈틈도 없이 천정과 바닥, 그리고 벽들까지 집 내부를 온통 종이로 땜질해버려야 한다니까!

**딸**

가난에 대한 각오는 하고 있었지만 더러운 것에 대한 것은 미처 생각지 못했어요.

**변호사**

가난이란 대체적으로 더러운 것과 상통하는 법이니까!

**딸**

이건 내가 꿈꾸던 것과는 달리 너무 심각해요!

**변호사**

아직 최악의 상태까지는 오지 않은 거야! 냄비에 음식이 좀 남아 있으려나?

**딸**

무슨 음식 말인가요? ---

**변호사**

양배추는 값도 저렴하고 영양가도 높을 뿐만 아니라 맛도 괜찮으니까!

**딸**

그건 양배추를 좋아하는 사람 말이겠죠! 내 비위엔 거슬릴 뿐이
란 말이에요!

**변호사**

왜 그렇다고 진작 말하지 않은 거지?

**딸**

당신을 사랑하기 때문이죠! 그래서 내 입맛 정도는 희생하고 싶
었으니까요!

**변호사**

그럼 내 입맛은 당신을 위해 희생해야만 하는 거잖아! 희생이란
상대적인 것이니까. —

**딸**

그럼 뭘 먹으면 좋을까요? 생선은 어때요? 그렇지만 당신은 생
선을 싫어하잖아요.

**변호사**

너무 비싸니까!

**딸**

이건 내가 생각했던 것보다 훨씬 더 심각하군요!

**변호사**

(다정하게.)

이 정도의 일이 그다지도 힘들단 말인가? --- 우리 아이들, 그 애들은 우리 둘 사이를 연결하는 고리가 되는 신의 축복이어야 만 할 텐데 --- 오히려 우리에게 파멸을 초래하는 원인이 될 것 같은 생각이 드는군!

**딸**

여보! 끔찍하게 탁한 공기, 뒤뜰이 보이는 이 방, 끝도 없는 애 들의 울음소리, 불면증, 저 밖에 서있는 불쌍한 사람들, 그리고 저들의 탄식 소리, 싸움과 비방들 속에서 정말 죽을 것만 같아 요 … 내가 이 집에 갇혀 죽어가는 게 아닌지 모르겠군요!

**변호사**

가여운 작은 꽃이, 공기도 빛도 없이 죽어간다는 말이로군 …

**딸**

당신은 우리보다 더 힘든 사람들이 얼마든지 많이 있다고 말하 고 싶겠죠?

**변호사**

나는 이 지역에서 시기를 받고 있는 사람 중의 한 사람이니까!

**딸**

무엇이든 좋으니 우리 집에서 아름다운 것을 조금이나마 찾아 볼 수만 있다면, 어떤 것도 참고 살 수 있을 것 같아요!

**변호사**

당신이 의도하는 것은 꽃을 뜻한다는 걸 잘 알고 있지. 분명히 헬리오트로피움(Heliotropium)[31]일 거야, 그러나 그것은 일 크루나(Krona) 오십 어뢰(Öre)[32]나 하잖아. 그건 육 리터의 우유가 네 되, 열여섯 홉 열여섯 작의 감자와 같은 값이란 말이야.

**딸**

만약 우리 집에 꽃이 있다면 밥을 먹지 않아도 좋을 것 같아요!

**변호사**

돈 한 푼 들지 않는 아름다운 것들은 주위에 얼마든지 찾아 볼 수 있는 법이지. 나같이 풍부한 미적 감각을 지닌 남자에게 집

---

**31** 추위에 약하고 방향제로 애용되는 다년생 허브 식물로 바닐라 향이 나는 보라색 꽃으로 학명은 Heliotropium arborescens. 꽃의 이름은 희랍어의 태양을 뜻하는 '헬리오스(Helios)'와 '향한다(trepein)'의 합성어, '태양을 향하다'로 창가에서 태양을 향해 자란다. 고대 그리스 신화의 태양과 예언, 광명, 의술, 궁술, 음악, 시의 신 아폴론(Apollon)을 사랑한 물의 요정 크리티아가 사랑을 이루지 못하고 죽어, 아폴론이 꽃으로 만들어 주었다고 한다. 꽃 말은 "사랑이여 영원하라."
**32** 스웨덴 화폐 단위로, 100어뢰(Öre)는 1크루나(Krona).

안에 그런 것의 부재가 얼마나 크나 큰 고통인지 알기나 하는지 모르겠군!

**딸**
도대체 그런 게 뭐죠?

**변호사**
내가 말을 한다면 아마 당신은 화를 낼게 분명하겠지!

**딸**
우리 화내지 않기로 합의를 했잖아요!

**변호사**
합의를 했지, 암, 했고말고 … 그러니 잘 되겠지. 그런데 여보, 제발 그 퉁명스럽고 딱딱한 말투만은 쓰지 않았으면 좋겠소 … 무슨 말인지 당신도 잘 알고 있지 않나? — 혹시 아직도 모르고 있단 말인가!

**딸**
절대로 그런 일은 없어요!

**변호사**
절대 없다니! 그럼 오로지 내게 문제가 있다는 말인가!

**딸**

아니라면 어디 한번 말을 해보시죠!

**변호사**

그러지; 내가 어떤 집이든 들어가면, 제일 먼저 주시하는 것은 커튼이 단정하게 고리에 묶여있나 보거든… -창문으로 가서 커튼을 고쳐놓는다.- 커튼이 마치 새끼줄이나 걸레처럼 아무렇게나 묶여있으면 … 그땐, 바로 그곳을 떠나버리고 싶어지니까! ---그 다음엔, 의자에 시선을 던지지 … 의자가 잘 정돈되어 있으면, 그땐 그곳에 머물 생각이 들거든! … -의자 하나를 벽에 붙여 똑바로 고쳐 놓는다.- ——그리고 또, 촛대에 꽂혀 있는 양초들을 살펴보는 거야 … 그 양초들이 비뚤어져 있으면, 마치 집이 기울어져 있는 것 같단 말이야! -서랍장 위에 있는 양초를 바로 세운다.- ---- 그런 것과 같은 사소한 아름다운 것이 얼마든지 있다는 말이지, 그러니, 여보, 그런 작은 아름다운 것은 돈이 들지 않는 게 아니겠냐는 말이요!

**딸**

(가슴에 머리를 묻는다.)

여보, 제발 그런 비꼬는 말은 하지 말아줘요!

**변호사**

비꼬는 말이 아니요!

**딸**

무슨 말을 하는 거예요, 비꼬는 말이 아니고 그럼 뭐죠!

**변호사**

그럼 좋을 대로 생각하든지, 제기랄! …

**딸**

무슨 그런 상스러운 말을 하세요?

**변호사**

여보, 미안해요! 하지만 당신이 더러운 것으로 고통을 겪었던 만큼, 정리를 제대로 못하는 당신 때문에 나 역시 고통을 당했긴 마찬가지요! 난 감히 청소 같은 것엔 개입할 용기가 없기도 하지만. 왜 그런지 알겠소? 그럴 때면 마치 내가 질책이라도 한다는 듯이 당신이 화를 낼게 뻔한 일이니까 … 후유! 우리 이쯤에서 그만 두는 것이 좋지 않겠소?

**딸**

결혼생활이란 정말 끔찍하게도 힘든 것 같아요 … 그 어떤 것보다! 결혼생활을 유지하려면 천사가 되지 않고서는 할 수 없을 것 같다는 생각이 들기도 하군요!

**변호사**

맞는 말이요. 나도 그렇게 생각하니까!

**딸**

난 지금 이 시간 이후로 당신을 증오할지도 몰라요!

**변호사**

정말 슬픈 일이군! --- 우리 증오 같은 건 서로 하지 않도록 노력하지그래! 이제부터는 절대로 아무 불평도 하지 않겠다고 약속하지 … 비록 그것이 나에겐 고문과 다를 바가 없겠지만!

**딸**

비록 양배추가 내 비위를 거스르긴 하지만 먹도록 노력할 게요!

**변호사**

결혼생활이란 고통이고 말고! 한쪽의 기쁨이 다른 한쪽의 괴로움으로 변해 버리는 거니까!

**딸**

인간들이 불쌍해요!

**변호사**

그렇게 생각하나?

**딸**

그럼요! 그렇긴 하지만 하늘에 맹세코, 장해물들을 피해 가도록 우리 함께 노력하도록 해요. 지금 우리에게 필요한 것은 바로 그 점이라는 것을 너무나 잘 알고 있잖아요!

**변호사**

그렇게 하도록 하지! — 분별력 있고 교육도 받은 우리들이니 분명히 서로 용서하고 감사할 수 있을 테지!

**딸**

사소한 일들은 가볍게 웃어넘겨 버릴 수도 있을 테죠!

**변호사**

그건 우리 둘, 단지 우리 둘만이 할 수 있는 걸 거야! --- 이것 봐요, 내가 오늘 조간신문에서 무엇을 읽었는지 아는지 모르겠군! … 그건 그렇고 — 도대체 신문은 어디 있는 거요?

**딸**

(당황한다.)

어떤 신문 말인가요?

**변호사**

(퉁명스러운 말투로.)

그럼 이 집에 또 다른 신문이라도 구독하고 있단 말인가?

**딸**

신문은 내가 불태워버렸는걸요 … 이왕 그렇게 되어버렸으니 퉁명스럽게 말하지 말고 웃어보세요 …

**변호사**

(격렬하게.)

그것 보라지, 제기랄!

**딸**

어서, 웃어보라니까요! --- 다만 성스러운 것이 조롱을 당하고 있기에 태워버렸죠 …

**변호사**

글쎄! 내겐 그런 것이 전혀 성스럽지 않았으니까! --- -그는 어쩔 줄 몰라 하며 손바닥을 탁탁 친다.- 웃자고, 어금니가 보이도록 힘껏 웃어보자고 … 분별력 있는 인간이 되어야지. 그러니 하고 싶은 말들도 억제해야겠지. 또 만사에 OK라고 답하고, 숨기고, 위선적으로 대하면 되지 않겠어! 그랬었군, 당신이 내 신문을 태워버렸단 말이지! 그랬었군! -커튼을 침대 기둥에 올려놓는다.- 알았어. 잘 알겠다니까! 이제 가서 다시 청소를 해야겠지만, 오히려 당신은 나에게 화를 낼 테지! --- 여보, 솔직히 말해 정말 우린 구제불능인 것 같아!

**딸**

당신 말이 맞아요.

**변호사**

그럼에도 불구하고 참고 견뎌야만 하겠지, 우리의 약속 때문이 아니라 아이들 때문에!

**딸**

그것도 맞는 말이군요! 아이들 때문에! 아! — 아! ⋯ 어쩔 수 없이 우린 참고 견뎌야 한단 말인가!

**변호사**

이제 우리의 소중한 고객인 의뢰인들에게 가봐야겠소! 여보, 참지 못하고 서로 상처를 내느라 와글대는 소리는 상대방이 대가를 치르도록 감옥에 보내기 위한 수단인 거요 ⋯ 저주받은 영혼들이지⋯

**딸**

인간들이 불쌍하고, 불쌍해요! 저 종이를 붙이는 여자는 끝도 없군요!

(그녀는 절망 속에서 말없이 머리를 가슴에 묻는다.)

**크리스틴**

난 종이를 붙여요, 종이를 붙이고 있어요!

**변호사**

(문에 서서 신경질적으로 자물쇠가 달린 문의 손잡이를 비튼다.)

**딸**

어쩌면, 저토록 요란하게 손잡이를 비틀 수가 있담! 마치 당신이 내 심장을 비틀어 짓누르는 소리 같다고요! …

**변호사**

비틀어 짓누르고 있지. 암, 짓누르고 있다마다 …

**딸**

제발, 그러지 말아요!

**변호사**

비틀어 짓누르고 있다고, 짓누르고 있다잖아 …

**딸**

제발, 그러지 말라니까요!

**변호사**

돌아버리겠군 …

※

**장교**

(사무실 안쪽에서 걸어나와 문의 손잡이를 잡는다.)

114

실례하겠습니다!

**변호사**

(문의 손잡이를 놓는다!)

어서 오게! 드디어 자네는 박사님이 되셨군!

**장교**

이제부터 내 인생은 탄탄대로지요! 모든 길은 나에게 열려있죠, 몽빠르나쎈( Montparnassen)도 정복해 버렸고, 월계관도 썼으니,[33] 불후의 명성과 영광, 그 모든 것이 다 내 것이라니까요!

**변호사**

그래 어떻게 살 텐가?

**장교**

어떻게 살다니요?

---

[33] 그리스 신화에서 '세계의 중심'이라 불리는 델피(Delphi)에 옴팔로스(Omphalos) 돌이 있다. 그곳의 파르나소스(Parnassos) 산은 신탁(神託)의 산이고, 종교적이자 영적인 성스러운 산이다. 아폴로 신전과 음악의 여신 9자매 뮤즈(Muse)가 거처하는 곳이기도 하다. Parnassen은 파르나스 산에서 그 의미를 따온 것으로, 고대 그리스에서 승리자나 최고의 권위자에게 주는 명예로운 상에서 유래한 의미를 지닌 것으로, 인문학에서 박사 학위를 받을 때 월계관을 씌워주며 강단에 서는 것을 인정 받았다는 의미.

**변호사**

분명한 건 집과 옷, 또 먹을 것이 있어야 하지 않겠나?

**장교**

단지 사랑하는 사람만 있다면 그런 건 항상 존재하는 것이니까!

**변호사**

그렇게 생각할 수도 있겠지! --- 암, 할 수 있고말고! --- 크리스틴, 종이를 붙여요! 빈틈없이 종이를 붙이도록! 그들이 숨을 쉴 수 없을 때까지! ―뒷걸음질로 고개를 약간 숙이며 밖으로 나간다.

**크리스틴**

종이를 붙여요, 빈틈없이 종이를 붙이고 있어요! 그들이 숨을 쉴 수 없을 때까지!

※

**장교**

지금 나와 함께 떠날 수 있나요?

**인드라 신의 딸**

당장이라도 좋아요, 그런데 어디로 가는 건가요?

**장교**

아름다운 파게르빅 해안으로! 뜨거운 태양이 빛나는 그곳은 젊음과 아이들이 넘쳐나고, 꽃들의 향기로 가득한 따뜻한 여름이죠! 노래와 춤, 환희와 축제로 가득 찬 곳이죠!

**인드라 신의 딸**

그렇다면 그곳에 가고 싶어요!

**장교**

그럼 어서 가도록 하죠!

※

**변호사**

(다시 들어온다.)

지금 — 난, 나의 첫 번째 지옥으로 되돌아오고 있는 거야 ––– 이번이 두 번째지만 ––– 더 끔찍스러울 게 분명해. 겉보기에 가장 감미롭게 보이는 지옥이 가장 지독한 법이니까 ––– 이것 좀 보라고, 또 마룻바닥에 머리핀을 떨어뜨려 놓았잖아! … –바닥에서 핀을 줍는다.

**장교**

저런, 머리핀을 또 발견했군!

**변호사**

또라고 했나? --- 이것 좀 보라니까! 다리 두 개에 핀이 하나라! 두 개긴 하지만 그것은 단 하나야! 만약 내가 그것을 교정한다면, 그땐 그것은 단 한 개의 다리가 되어버리겠지! 하나로써 끝내지 않고, 그 다리를 구부려 버린다면 두 개가 된다니까! 그말의 의미는 갑자기 그것이 하나가 될 수 있다는 거야! 그렇지만 내가 분질러 버리면 한 개의 핀이 갈라져 이것저것으로 두개가 되겠지 — 결론적으로! 그렇게 되면 그 두 개의 핀은 다시각각 두 개로 만들어지게 되는 거야!

(머리핀을 분질러 던져 버린다.)

**장교**

모든 것을 보았군요! … 그 핀을 분질러 버리기 전에 다리 두 개는 갈라져 있어야 해요. 그것을 한 선에 집중시키면, 그 핀은 그상태 그대로 유지될 수밖에 없으니까요.

**변호사**

그 둘은 평행선이지 — 그러니 유지될 수도 부러지지도 않아, 그러니 절대로 합쳐질 수가 없다는 말이지.

**장교**

머리핀은 모든 창조물 중에 가장 완벽한 것이죠! 곧은 하나의
선이 두 개의 평행선과 대등하니까!

**변호사**

머리핀이 열리면 잠금장치를 채우는 거야!

**장교**

잠금장치가 채워진 후, 그 핀은 다시 열려 땋은 머리를 묶게 되
겠죠 …

**변호사**

이 문을 꼭 닮았군: 여보, 내가 이 문을 닫을 때, 당신이 자유로
운 길을 가도록 열어주는 셈이 되는 거야!

(퇴장하며 문을 닫는다.)


※


**딸**

그렇다면?

(무대가 바뀐다; 캐노피 침대는 텐트로 변했고, 금속의 난로는 그대로 남

아있다. 막이 오르고, 오른편 전경에는 붉은 산에 히드와 흑백의 그루터 기가 덮여 있어 산불이 있었음을 시사한다. 돼지우리와 헛간은 붉게 칠해 져 있다. 그 앞엔 수동이 아닌 기계장치가 구비된 재활원이 있고 그곳에 서 사람들이 마치 고문 도구와 같은 기계로 물리치료[34]를 받고 있다.

왼편 전경에서 헛간의 일부가 보인다. 그것은 검역소 건물로써 불 때는 화덕과 그것을 둘러친 벽과 도관이 보인다.

무대 중간엔 해협이 있다. 무대 배경 뒤편에는 떠 있는 선창이 보이고, 아 름다운 해변에는 녹색 깃발이 펄럭이고 하얀 보트들이 정박해 있다. 그중 일부는 돛이 펼쳐져 있는 상태다. 푸른 나무들과 해안 사이에는 작은 이태 리 풍[35]의 주택들과 누각들, 정원의 정자들, 대리석 조각들이 보인다.)

## 검역소(karantänstation)[36] 소장

(모리안(Morian)[37]복장으로 해변을 거닐고 있다. )


## 장교

(앞으로 다가와 악수를 한다.)

---

**34** 기계로 장애자를 치료하는 물리치료 방법으로 스톡홀름의 카롤린스카 의대 〈Karolinska Institutet〉의 구스카프 잔데르(Gustaf Zander,1835-1920) 물리치료 교수가 고안한 방법으로 스웨덴의 퓨루순드의 온천(Furusunds Varmbadhus) 등 여러 곳에서 찾아볼 수 있다.

**35** 이태리의 Colonna, Venezia Sorrento 등에서 흔히 볼 수 있는 정면에 당초(唐草) 무늬가 있는 하얀 주택 형식.

**36** 카란탠(karantänstation)은 프랑스어 'Qurante' 즉, '40'이란 뜻으로, 전염 병자 의 해독과 고립을 위해 40일 동안 격리를 시키는 곳이다. 중세에 이태리 베니스 에 페스트가 돌았을 때 입항하는 배들을 격리시켰던 것에서 유래. 19세기 스웨덴 에 페스트가 휩쓸었을 때, 퓨루순드(Furusund)의 검역소가 있는 이솔라 벨라 (Isola Bella) 섬에서 격리를 시켰다.

**37** 아프리카 흑인

아니, 혹시 자네 오르드스트룀이 아닌지! 여기서 뭘 하고 있는 건가?

**검역소 소장**
맞아, 나야!

**장교**
이곳이 그토록 아름다운 파게르빅(Fagervik) 해안인가?

**검역소 소장**
천만에! 그곳은 저 맞은편이지, 여긴 스캄순드(Skamsund)라는 곳이야!

**장교**
그럼 우린 길을 잃은 게로군!

**검역소 소장**
우리라고 했나? — 소개해 주지 않겠나?

**장교**
안 돼, 그럴 수가 없어! -작은 목소리로.- 인드라 신의 딸이니까!

**검역소 소장**
신들 중의 최고의 신, 인드라 신의 딸이란 말인가? 세상의 질서를 주관하는 바루나(Varuna) 신[38]이라고 생각했지! --- 아니

그래! 자네는 새까만 내 얼굴을 보고 놀라지도 않는군!

**장교**

여보게! 내 나이 오십일세. 이 나이가 되면 그다지 놀랄 일이 별로 없는 법이라네! — 오후에 있을 가장무도회에 자네가 참가할 것이라고 생각했었는데!

**검역소 소장**

정확하게 보았군! 자네도 함께 가지 않겠나?

**장교**

꼭 가보도록 해야지! 왜냐면 이곳은 … 이곳은 말이야, 별로 매력적인 곳 같지 않거든! … 도대체 여기 사는 사람들은 어떤 사람들인가?

**검역소 소장**

이곳엔 병자들이 살고 있는 반면, 저기 저곳엔 건강한 사람들이 살아!

**장교**

여긴 가난한 사람들만 살고 있나 보군 그래!

---

**38** 인도 Veda 경전이 쓰였던 베다 시대의 힌두교 신화에 등장하는 최고신으로 신적 권위의 상징이다. 바루나(Varuna)는 하늘에 거주하며 자연의 질서와 정의를 실현시키는 신으로, 우주의 법칙과 도덕률(리타)을 관장한다. 또한 천상계(天上界)를 다스리며 마법적이고 정신적인 측면에서 신과 인간의 관계를 상징하는 신.

**검역소 소장**

천만의 말씀을. 여보게 친구, 이곳 사람들은 부자들이야! 저기 저 고문 의자에 앉은 자를 좀 보라고! 거위 간과 송이버섯, 그리고 맛있는 부르곤 와인을 너무 많이 먹고 마셔 결국엔 발이 썩고 만 거야!

**장교**

썩고 말았다니?

**검역소 소장**

발이 당뇨병으로 썩게 됐단 말이야! --- 저기 단두대에 누워 있는 자는 헤네씨(Hennessy)[39] 꼬냑(Cognac)[40]을 너무 많이 마셔 그의 척수를 빼내야만 하는 지경에 이르렀지!

**장교**

그게 무슨 소용이 있다는 거야?

**검역소 소장**

이곳에 사는 사람들은 거의 모두가 자신을 숨기고 사는, 불행한 사람들이지! 예를 들자면, 저기 오고 있는 사람을 어디 좀 잘 살

---

**39** 1870년, 아일랜드 출신의 리차드 헤네시(Richard Hennessy, 1724-1800)가 자신의 가족들을 위해 만들기 시작한 향이 약하고 맛이 순한 포도로 만든 브랜디.

**40** 프랑스 북부의 포도재배 지역 이름으로, 이 지역의 포도 브랜디만을 꼬냑이라 부른다. 제조방식에 있어서도 규정된 청포도, 구리 증류기, 리무진 오크통, 최소 2년의 숙성 기간 등 규정된 제조 방식에 의해 제조되어야 꼬냑이라는 표기가 가능하며 숙성 기간에 따라 등급이 정해진다.

펴보도록 하게!

(최신 유행의 옷차림에 여윈 모습의 예순 살 정도로 보이는 멋쟁이 노신사가 마흔 살의 여자 친구가 끌어주는 휠체어를 타고 들어온다.)

**장교**

육군 소령이로군! 학창시절의 우리 친구잖아?

**검역소 소장**

돈 후안(Don Juan)이지! 자네 보여? 저 친군 아직도 그의 곁에 있는 마귀할멈을 사랑하고 있어. 그 여자가 늙고, 못 생기고, 잔인하고 부정한 여자라는 사실을 도무지 믿으려 하지 않는단 말이야!

**장교**

그것이 바로 사랑이라는 거야! 저 경박한 친구가 그토록 깊고 심각한 사랑을 할 수 있으리라고는 꿈에도 생각지 못했는걸!

**검역소 소장**

자넨 아름다운 생각을 가졌군 그래!

**장교**

나 자신도 빅토리아를 그렇게 사랑하고 있으니까 --- 실은, 아직도 회랑에서 그녀를 기다리고 있는 중이라네 ---

**검역소 소장**

아니, 그럼 오페라 좌의 회랑에서 서성대는 자가 바로 자네란
말인가?

**장교**

맞아, 바로 나야!

**검역소 소장**

그럼, 자네는 그 문을 열 수 있었단 말인가?

**장교**

천만에, 계속 시도를 하고 있지만 --- 광고업자는 낚시를 하러
가고 없어. 물론 그 채그물을 갖고 갔지. 그래서 증인을 내세우
는 것이 지체되고 있는 거야 … 그 동안 유리 장수는 '자라는
성'의 창유리를 한 층의 절반 정도는 갈아 끼웠지 … 올해는 비
정상적으로 좋은 날씨였어! … 무덥기는 했지만!

**검역소 소장**

그렇지만 우리 집처럼 끔찍하게도 더운 곳은 아마 본 적이 없을
거야!

**장교**

자넨 화덕의 온도를 몇 도로 맞추는가?

**검역소 소장**

콜레라에 감염되었다고 의심하는 사람을 소독할 때는 육십 도로 맞추지.

**장교**

지금 또다시 콜레라가 돌고 있다는 말인가?

**검역소 소장**

그럼 아직도 모르고 있었단 말이야? ---

**장교**

물론 알고는 있었지, 그렇지만 알고 있다는 그 자체를 종종 잊어버리니 어쩌겠나!

**검역소 소장**

오히려 나는 종종 잊어버릴 수 있길 원하는 편이지, 가장 먼저 나 자신을 잊고 싶네, 그래서 가장행렬이나 가장무도회, 아니면 아마추어 연극단체를 찾아 헤매고 돌아다니기도 해.

**장교**

그렇군, 그동안 무엇을 하고 지냈나?

**검역소 소장**

지난 얘기를 하면 내가 자랑을 해댄다고 말들 할 것이고, 침묵을 지키면 나를 위선자라고 부르겠지!

**장교**

그래서 자네 얼굴에 검정 칠을 하고 있는 건가?

**검역소 소장**

그렇다네! 원래의 나보다 약간 검게!

**장교**

저기 오고 있는 자가 누구지?

**검역소 소장**

아, 저 사람은 진흙 목욕[41]을 할 시인이야!

(시인이 들어온다, 진흙이 닮긴 양동이를 손에 들고 하늘을 바라본다.)

**장교**

맙소사, 목욕보다 햇살과 공기를 만끽하고 있는 것 같군!

**검역소 소장**

전혀 그런 게 아니야! … 자신이 구름 위, 성층권에서 살고 있다는 생각을 하고 있으니, 항상 진흙에 대한 향수를 느끼고 있는 거겠지 … 그 진흙탕에 몸을 뒹굴어 마치 돼지 피부같이 강하게 만들고 싶은 거야. 그러고 나면 진드기에 물린 아픔 같은 것은

---

[41] 당시 진흙 마사지와 목욕은 류마티즘 치료에 이용되었고 퓨루순드(Furusund)의 온천에서 제공되었다.

전혀 느끼지 않게 되니까!

**장교**

자가당착에 가득 찬, 정말 이상한 세상이야!

※

**시인**

(무아지경에 빠져 있다.)

이집트의 신, 프타호텝(Ptahhotep)[42]은 선반의 옹기 조각 위에
진흙으로 인간을 빚어 놓았지, -회의적으로.- 아무렴 빌어먹을
무엇에든 무슨 상관이람! --- -무아지경.- 아무튼 조각가들은
토기용 점토로 다소간 불후의 명작을 창조해 내니까. -무아지경
에 빠진다.- 그런데 그것은 종종 쓰레기 같은 것이기도 하지!
-무아지경으로 빠져든다.- 흙으로는 흔히 옹기나 접시라고 부르
는, 소위 요리에 필요한 용기들이 만들어지는 거야, -무아지경에
빠진다.- 그런데 그것들이 뭐라 불리든 나와는 아무 상관이
없어!— -무아지경에 빠진다.- 바로 그것이 흙이라는 거야! 또 흙

---

**42** 이집트의 창조의 신 프타(Ptah)는 기술자, 설계자, 건축자, 금속 노동자, 목수, 석공
등 수공업과 예술가의 수호신이기도 하며, 그들의 기술을 창조했다고 말해진다. 창
조신화에 있어 프타는 진흙으로부터 질서를 창조해 냈다고 전해진다. 또한 만물을
창조할 때, 심장에서 생각을, 혀에서 말을 뱉어내어 말을 하도록 창조했다고 한다.

이 엉켜져 있는 것을 진흙이라 부르지 — 쎄 몽 아페르(C' est mon affaire )!**43** — -부른다.- 리나!

※

**리나**

(양동이 하나를 들고 들어온다.)

**시인**

리나, 아그네스 양에게 당신 모습을 보여주도록 해요! — 당신을 십 년 전부터 알고 있는 분이요, 그땐 당신이 젊고 발랄하고 아름다운 처녀였다는 것을 자신있게 말할 수 있겠지 … 현재 당신 모습을 좀 봐요! 애가 다섯에 … 고된 노동 … 고함소리 … 굶주림 … 구타! 그리고 주어진 의무들을 수행해 나가는 동안 어떻게 그 아리따운 당신의 자태를 잃어갔는지, 또 어떻게 당신 얼굴에서 기쁨이 사라져버렸는지 살펴보도록 해요. 그 의무란 것이 당신 가슴 속에 기쁨을 안겨주었더라면 그 행복감을 조화로운 주름살과 평온한 눈빛으로 얼굴에 표현해 낼 수 있었을 텐데 말이요 …

---

**43** 프랑스어로 C'est mon affaire! 이곳에선 "이건 내 전문분야 혹은 나의 관심사야."

**검역소 소장**

(손으로 그의 입을 막는다.)

조용히 해, 제발 조용히 하라고!

**시인**

모두들 저렇게들 말한다니까! 침묵을 지키면, 인간들은 또 말을 하라고 야단들이지! 다루기 힘든 것이 인간들이라니까!

**딸**

(리나를 향해 다가온다.)

당신의 불만을 말해 보세요!

**리나**

무슨 말씀을, 전 그럴 용기가 없어요, 그래 봐야 상황만 더 나빠지는 걸요!

**딸**

누가 그렇게 무서워요?

**리나**

그것조차 말할 용기가 없어요. 말을 하면 구타를 당할 게 불 보듯 뻔하니까요.

**시인**

좋을 대로 하세요! 이 시커먼 남자가 내 입을 때려 이빨이 부서지는 한이 있더라도 그 얘길 해야겠소! --- 때론 세상이 공평하지 못하다는 것을 내가 말해주도록 하죠! --- 당신은 저 언덕 위에서 들려오는 음악과 춤추는 소리가 들리나요? — 내가 무슨 말을 하고 싶은지 알고 있을지도 모르겠지만! --- 그건 도시에서 길을 잃고 방탕한 생활을 하던 리나의 여동생이 집에 돌아온 기쁨을 나누는 소리지, 그런데 그게 말이요 ⋯ 이제 곧 살찌운 송아지가 그들을 위해 도살되겠지만,[44] 막상 집을 지켰던 리나는 양동이나 들고 돼지 여물이나 주고 있으니[45] 한심하기 그지없는 일이지 않소! ---

**딸**

단지 그녀가 집으로 돌아왔다는 것만이 아니라, 방탕한 길을 걷던 딸이 바른길로 돌아섰으니 집안의 커다란 기쁨은 당연지사가 아니겠어요! 그 차이점을 잘 직시하셔야 할 거예요!

**시인**

그럼 결코 잘못된 길을 가지 않았던, 이 나무랄 데 없는 노동자를 위해서도 매일 저녁, 만찬과 함께 무도회를 열어줄 수 있을

---

**44** 신약성경, 루카 복음서 15:11-32의 '되찾은 아들의 비유'를 은유한 것.
**45** 신약성경, 루카 복음서 15:11-20의 잃어버린 아들이 모든 것을 탕진하고 곤궁에 허덕이다 주민의 돼지를 치게 되고, 돼지들이 먹는 열매 코투리라도 배를 채우길 바랐지만 아무도 주지 않았다는 이야기와 스캄순드에서 나무랄 데 없는 리나가 돼지에게 여물을 먹이는 것을 비유한 이야기.

까. 어떻다고 생각하는지 --- 천만의 말씀, 어림도 없지. 리나
는 쉬는 날이면 교회에 가서 말씀대로 살지 못했다고 오히려 질
책을 받아야만 하죠! 이것이 공평한 세상이란 말이요?

**딸**

대답하기엔 너무 어려운 질문인 것 같아요. 그건 ⋯ 아마 예기
치 못한 상황들이 많이 있었기 때문이 아닐는지 ⋯

**시인**

의인 하룬 아르 라쉬드 칼리프(Kalif, Harun ar-Raschid)[46]도
그렇게 인식을 했었어요! — 그는 자신의 높은 왕좌에 꼼짝 않
고 앉아, 자신의 그늘에 사는 사람들이 어떻게 살고 있는지 결
코 알 수가 없었지요! 결국, 백성들의 불만이 그의 위대한 귀에
까지 전해지게 되는 지경에 이르렀죠. 그러자 어느 날 왕좌를
박차고 나와 백성들이 알아채지 못하게 변복을 하고 그들이 평
등한 삶을 살고 있는지 알아보기 위해 몰래 백성들 가운데로 숨
어 들어갔었죠.

**딸**

당신은 설마 제가 의인 하룬 아르 라쉬드라고 생각하는 건 아니
겠죠?

---

**46** 바그다드(Bagdad)의 하룬 아르-라쉬드 칼리프(Kalif, Harun ar-Raschid, 766-
809)는 사라센 문화의 황금시대를 이룬 자로, 《천일의 야화》 혹은 아라비안 나이
트(Arabian Nights)의 주인공으로도 알려져 있다.

**장교**

우리 화제를 바꾸는 것이 좋을 것 같아요! --- 낯선 사람들이 이곳으로 오고 있으니!

(노란 斜桁 위에 밝은 푸른색 실크 돛을 달고, 황금 마스트엔 장밋빛의 빨간색 작은 깃발을 단 봐이킹의 배[47]를 닮은, 하얀 배 한 척이 좌측으로부터 미끄러지듯 해협으로 다가오고 있다. 배의 키에는 한 쌍의 남녀가 허리에 팔을 감고 앉아 있다.)

**장교**

저기 완벽하게 행복한 모습을 보세요, 저 젊은이들이 갖는 사랑의 환희는 더없이 영원한 행복이겠죠!

(무대가 밝아온다.)

※

**청년**

(보트에서 일어나 노래를 부른다.)

---

**47** 배의 이물과 가로돛에 용머리 조각이 있는 봐이킹 스타일의 요트로, 직사각형의 돛을 떠받치기 위해 돛대를 가로지르는 둥근 재목에 직사각형의 돛이 마스트를 향해 직각으로 펄럭이는 배.

아름다운 해안, 당신에게 인사를 보내오
이곳에서 나의 청춘은 봄날을 보았고
이곳에서 처음 장밋빛 꿈을 꾸었었죠
지금 나는 당신의 품으로 돌아왔어요
이제 과거의 이 땅에서처럼 외롭지 않아요
작은 숲들과 해안들, 하늘과 바다,
나의 태양이여, 안녕.
나의 사랑이여, 나의 신부여!
나의 태양이여, 나의 인생이여!

(아름다운 해안에 떠 있는 선창의 깃발들이 나부끼며 환영한다. 주택과 해변에서 하얀 손수건을 흔들고 있는 것이 보인다. 그리고 하프와 바이올린 선율이 조화를 이루며 해협을 가로질러 들려온다.)

## 시인

저 두 사람이 얼마나 눈부시게 빛나는지 잘 지켜보도록 하세요!
어떻게 저 아름다운 선율이 바다 위에 울려 퍼지는지 잘 들어보도록 해요!— 그것은 바로 에로스(Eros)[48]적 사랑이죠!

---

**48** 네 가지 종류의 사랑: 성적 욕망과 쾌락을 추구하는 에로스(Έρως, Eros), 부모와 혈육의 사랑을 추구하는 스토르게(αποθήκε,, Storge), 우애 또는 형제애인 필리아(φιλία, Philia), 자비 혹은 신과 사람의 관계에서의 사랑을 뜻하는 아가페(αγάπη,, Agape). 에로스는 고대 그리스 신화에 등장하는 연정과 성애를 담당하고 있는 신으로 로마 신화의 아모르(Amor)와 큐피드(Cupid)와 동일시된다.

**장교**

빅토리아잖아!

**검역소 소장**

그럼 저 여자는?

**장교**

나에게 나의 빅토리아가 있듯이, 그의 빅토리아일 거야! 나의 빅토리아, 그녀는 그 누구도 볼 수 없는 사람이지! --- 이제 검역소의 깃발을 올리도록 하게, 난 그물을 끌어올릴 테니!

**검역소 소장**

(노란 깃발을 흔든다.)

**장교**

(보트가 스캄순드(Skamsund)를 향해 방향을 돌리기 위해 밧줄을 끌어당긴다.)

그곳에 멈추시오!

(**남자**와 **여자**는 끔찍한 풍경을 보고 두려운 듯 눈빛을 나눈다.)

**검역소 소장**

물론, 그럴 거야! 기분 좋을 리가 없겠지! 하지만 이건 규칙이니 어쩔 도리가 없는 거야! 오염된 지역에서 이곳으로 들어오는 모든 사람들은 다 겪어야만 하는 절차니까!

**시인**

생각 좀 해보게. 저 두 사람이 사랑에 빠져 있는 것이 분명한데, 어떻게 자넨 그렇게 말을 하며 그런 짓을 할 수 있는가! 그들을 건드리지 말아 줘! 제발 그들의 사랑에 가까이 하지 말아주게! 그것은 불경죄[49]니까! --- 아아, 슬프군! 모든 아름다운 것이 진흙탕 속으로 끌려들어 가고 있으니 말이야!

(**남자**와 **여자**가 슬픔에 젖어 부끄러워하는 모습으로 육지에 내린다.)

**남자**

기가 막히는군! 우리가 무슨 나쁜 짓을 했다고 이러는 거요?

**검역소 소장**

인생에서 하찮은 고난을 겪기 위해 꼭 무슨 나쁜 짓을 해야 할 필요는 없는 법이요!

**여자**

기쁨이나 행복이란 것이 이토록 짧은 것인지 몰랐어요!

**남자**

도대체 우린 이곳에서 얼마 동안이나 지체해야만 하는 거죠?

---

**49** 당시에 불경죄는 사형을 받을 가장 심각한 죄로 여겼다.

**검역소 소장**

40일이 될 거요!⁵⁰

**여자**

차라리 기꺼이 바다에 몸을 던지는 편이 나을 것 같아요!

**남자**

불타버린 산과 돼지우리 같은 이곳에서 지내야 한단 말이요?

**시인**

사랑이 모든 것을 극복하게 해 줄 거요! 심지어 유황연기와 석탄산 냄새까지도!⁵¹

※

---

**50** 주:35 참조. 혹은 구약성경, 탈출기 34:28:모세의 사십 일 간의 광야생활을 암시한다. "모세는 그곳에서 주님과 함께 밤낮으로 사십 일을 지내면서, 빵도 먹지 않고 물도 마시지 않았다. 그는 계약의 말씀, 곧 십계명을 판에 기록하였다." 또한 예수님이 그곳에서 사십 일을 단식한 성경 기록으로, 신약성경 마태오 복음서 4:2: "그분께서는 사십 일을 밤낮으로 단식하신 뒤라 시장하셨다." 콜레라 감염 구역을 항해한 배는 48시간 동안 조사를 실시한다는 스웨덴 법 제정(1893년 7월 14일)에 의하면 의심 가는 배는 살균 소독을 위해 5일 동안 항해 금지령을 내렸다.

**51** 19세기 말에는 유황을 태울 때 나는 연기를 살균소독제로 사용했고, 석탄산은 그 후에 사용되었다.

**검역소 소장**

(난로에 불을 지피자 푸른 유황 불꽃이 피어오른다.)

이제 유황을 태워 이곳을 소독하도록 해야겠소! 어서 들어오도
록 하시죠!

**여자**

어쩌면 좋아! 나의 파란 드레스가 탈색이 되어버릴 텐데!

**남자**

당신 뺨까지도! 40일 동안이라니!

**여자**

(장교에게.)

그런 일들이 당신을 기쁘게 하겠죠!

**장교**

천만에 무슨 말을! --- 당신의 행복은 확실하게 내 고통의 원
인이 되겠지. 그러나 --- 그런 건 상관없어요! ― 이제 나는 박
사학위도 받았고 가정교사 자리도 내 앞에 기다리고 있으니 …
정말 신나는 일이지! 가을이 되면 학교에 취직을 할 거요 … 유
년시절과 청년시절에 내가 받았던 것과 동일한 구태의연한 그
런 수업을 젊은이들에게 해주게 되겠죠. 그리고 또 나의 중년시
절이나 노년 시절에 배웠던 것을 그대로 가르치게 될 테지; 2

곱하기 2는 얼마지? 4 나누기 2는? … 내가 정년퇴직할 때까지 그렇게 살아가게 될 거야. 그 순간부터는 하는 일도 없으니 끼니 때와 배달될 신문이나 기다리며 살고 있겠지 … — 결국엔 화장터로 실려 가서 한 줌의 재로 변하게 될 것이고 … 혹시 이곳에 정년퇴직자가 있나요? 2 곱하기 2는 4, 그 다음엔 최악의 것이 기다리고 있다는 것도 잘 알고 있어요 … 박사학위를 받고 학교를 다시 다니기 시작한다는 것은 … 똑같은 질문을 죽을 때까지 하고 살아야 한다는 뜻이니까 …

(뒤로 뒷짐을 진 노인이 지나간다.)

저기 죽을 날만 기다리는 정년 퇴직자를 좀 보세요! 저 노인은 대위에서 소령으로 진급을 하지 못한 사람이거나, 아니면 배석판사가 되지 못한 고등법원의 서기쯤 되는지 모르겠어! — 많은 사람들이 부름을 받긴 하지만, 선택되는 자는 아주 극소수에 지나지 않으니까![52] … 지금 저 사람은 아마 아침식사나 손꼽아 기다리고 있을 테지 …

**정년퇴직자**
그것도 그냥 신문이 아니라, 조간이지!

---

[52] 장교가 대위에서 소령으로 진급 혹은 소령으로 제대하면, 마치 고등법원의 서기가 배석 판사로 진급하지 못한 것과 같으며 법원 위원회에 속하지도 못할 뿐만 아니라 직장 내 경쟁에서 한계가 있을 수 있다는 것을 암시한다.

**장교**

겨우 쉰다섯 살에 말인가요! 아직 이십오 년은 더 연명할 수 있을 테고, 끼니 때와 신문이나 기다리며 산다는 그 자체가 … 끔찍하지도 않나요?

**정년퇴직자**

과연 세상에 끔찍하지 않은 것이 존재한단 말인가? 말해 보게, 어디 말해보지 그래?

**장교**

그래요, 그럼 그걸 아는 사람이 말해 보시죠! — 이제 난, 2 곱하기 2는 4! 4 나누기 2는? 이런 것들을 어린 젊은 애들과 함께 공부하게 될 것이란 말입니다.

(그는 절망적이란 듯 머리를 감싼다.)

빅토리아를 너무 사랑했기에 그녀가 이 땅에서 가장 행복하길 바랬지요 … 다행이도 지금 그녀는 행복이란 것이 어떤 것인지 느끼고 있는 것 같아요! … 그런데 난 괴롭기만 하다니 … 너무나 … 괴로워 견딜 수가 없어요!

**여자**

괴로워하는 당신을 보고 있는 내가 행복해질 수 있다고 생각하세요? 어떻게 그렇게 생각할 수 있는 거죠? 어쩌면 내가 이곳에서 사십 일 동안 밤낮을 죄수로 묶여 있다면 당신의 고통이 덜어질 수 있을까요? 말해 보세요. 만약 그것이 당신의 고통을 덜어 줄 수 있다면 말이죠?

**장교**

그렇소. 아니지! 당신이 괴로워하는데 내가 그것을 즐길 수는 없지 않겠소! 이 일을 어쩌면 좋담!

**청년**

당신은 진정 나의 행복이 당신의 고통 위에 세워진다고 생각하는 거요?

**장교**

우리가 불쌍하군! — 아니 인간들 모두가! 오, 이럴 수가!

**모두**

(하늘을 향해 두 손을 펼쳐 벌린다. 마치 악기의 불협화음과 같이 날카로운 소리를 내며 고통스러운 듯 비명소리를 질러댄다.)

아아… 아! …

**딸**

나의 아버지 인드라 신이시여! … 저 소리를 듣고 계신가요! … 인간들의 삶이란 고통스럽기 그지없군요! 인간들이 불쌍해요!

**모두**

(전과 같이.)


아아… 아!…


※


잠깐 동안 무대 위엔 칠흑 같은 어둠이 덮인다. 그 사이 모든 사람들은 퇴
장했거나 자리를 이동했다. 다시 무대가 밝아오자 그림자가 드리워진 악
마의 해협, 스캄순드가 보인다. 스캄순드(Skamsund)는 무대의 중간에,
아름다운 해안인 파게르빅(Fagervik)은 무대 앞쪽에 있고, 두 곳의 주위
는 환하게 불이 밝혀져 있다.

오른쪽 창문이 열려 있는 상류사회의 연회장 한쪽에서 한 쌍의 커플이 춤
을 추고 있다. 바깥에는 빈 상자 위에 세 명의 하녀가 서로서로 허리를 감
고 앉아 춤추는 광경을 구경하고 있다. 무도회장 계단에는 긴 의자가 놓
여있고, 그곳에는 못생긴 에디트가 아무렇게나 머리를 헝클어트린 채 모
자도 쓰지 않고 슬픈 모습으로 앉아있다. 그녀 앞에는 열어놓은 피아노가
있다.

왼편엔 노란색 나무집이 보인다. —

여름 옷을 입은 어린이 두 명이 바깥에서 공놀이를 하고 있다.

무대 앞쪽에는 떠 있는 선창이 있고, 깃발을 단 하얀 보트들이 정박하고
있다. — 대포를 맞아 구멍 난 쌍돛대를 장착한 백색의 범선이 해안에 정
박해 있는 것이 보인다.

앙상한 나무와 땅은 온통 새하얀 눈으로 덮여있어 겨울옷을 입고 있는 듯한 경관이 펼쳐져 있다.

(**딸**과 **장교**가 들어온다.)

※

**딸**
이곳은 평화롭고 행복이 깃든 휴식처로군요! 노동은 끝났고, 매일 축제 분위기에, 근사한 옷차림의 사람들로 이미 오전부터 음악과 춤으로 흥겹기만 해요. –하녀들에게.– 왜 우리 아가씨들은 안으로 들어가 함께 춤을 추지 않는 건가요?

**하녀**
우리들 말인가요?

**장교**
그들은 시중을 드는 사람들이니까요!

**딸**
그렇긴 하지만! ––– 왜 에디트는 춤을 추지 않고 그곳에 앉아 있는 건가요?

**에디트**

(손으로 얼굴을 감싸고 있다.)

**장교**

그녀에겐 묻지 않는 것이 좋겠어요! 아무도 춤을 청해 오는 사람이 없었으니, 세 시간 동안이나 저렇게 앉아 있어야만 했으니까요 ---

(왼쪽에 있는 노란색 집으로 들어간다.)

**딸**

그토록 잔인한 즐거움이 세상에 어디 있단 말인가!

**어머니**

(등장; 가슴과 어깨를 드러낸 드레스를 입고 에디트에게로 다가간다.)

내가 말을 했을 텐데 왜 안으로 들어가지 않는 거냐?

**에디트**

그건 … 저를 팔아버릴 수가 없으니까요. 제가 못 생겨 아무도 저와 춤추고 싶어 하지 않는다는 것을 잘 알고 있어요, 하지만 그런 것쯤은 상관하지 않아요! ─피아노를 치기 시작한다; 세바스찬 바흐(Johann Sebastian Bach, 1685-1750)의 토카타 콘 퓨가 No 10[53] : 춤을 추고 있는 무도장으로부터 약하게 들려오던 왈츠가, 바흐의 토카타에 대항이라도 하듯 차츰 크게 들려온다. 에디트는 소리를 낮추어 바흐를

연주하고 무성으로 유도해 나간다. 무도회의 손님들은 문에 서서 그녀의 연주에 귀를 기울이고, 무대 위의 모든 사람들 역시 선 채로 경건하게 연주를 듣고 있다.

**해군장교**

(무도회에 초대받은 손님 한 사람이 알리스의 허리를 감싸 안고 떠 있는 선창으로 내려간다.)

자, 빨리 오도록 해요!

**에디트**

(연주를 중단하고 일어서서 절망적으로 그들을 바라본다. 마치 돌처럼 꼼짝 않고 서 있다.)

---

**53** 독일의 오르가니트이자 작곡가인 요한 세바스챤 바흐(Johann Sebastian Bach, 1685-1750)의 작품으로 전반부에는 'G' 장조의 밝음이, 서정적인 감미로움이 중반부를 장식하고, 마지막엔 화려하게 3성의 퓨가가 짜여지는 BWV 913 (1706); 악보의 한 부분은 토카타(Toccata)의 중간 부분에 느린 템포의 Adagio가 흐른다.

※

(노란 집의 벽이 허물어져 있다. 세 개의 학교 의자에 학생들이 앉아있다;
그들 가운데 불안하고 근심스러운 모습의 장교가 보이고, 손에 분필 토막
과 회초리를 든 안경을 쓴 교사가 그들 앞에 서있다.)

**교사**

(장교에게.)

자네 어떤가! 2 곱하기 2는 몇이 되는지 말해 보겠나?

**장교**

(그대로 앉아 대답을 찾지 못하고 고통스럽게 기억을 더듬고 있다.)

**교사**

질문을 받았으면 일어나도록 해야지!

**장교**

(괴로운 듯 일어선다.)

2 --- 곱하기 2는 … 잠깐 생각 좀 해 보겠습니다! --- 그건
2, 그래요 2입니다!

**교사**

고얀 놈 같으니라고! 복습을 하지 않았잖아!

**장교**

(창피해 어쩔 줄 모른다.)

아닙니다, 복습을 하긴 했습니다, 그래서 … 그 답이 무엇인지 알고 있습니다, 하지만 그 답을 말할 수가 없군요 …

**교사**

핑계를 둘러대느라 애를 쓰는군! 답을 알고 있다, 그렇지만 말할 수 없다는 말이잖아. 그렇다면 내가 도와줄 수밖에!

(장교의 머리카락을 잡아당긴다.)

**장교**

아야! 끔찍하군, 이건 너무하시잖아요!

**교사**

그래, 이렇게 덩치가 큰 놈이 열정이 없다니 그게 더 끔찍한 거란 말이야 …

**장교**

(번민한다.)

덩치가 큰 놈이라 했지, 그래 난 정말 덩치가 크긴 크지. 분명히 여기 있는 다른 애들보다 아주 많이 크거든; 나는 완전한 성인 이고 학교도 마쳤고 … –마치 깨어난 듯.– 또 박사학위도 받았잖 아 … 그런데 내가 왜 여기 앉아 있는 거지? 학위를 받지 못했 단 말인가?

**교사**

그렇지, 네놈은 여기 앉아 성숙해져야만 해, 알겠어? 암, 성숙 해져야 하고말고 … 아마 그것이 공평한 것이 아닐까?

**장교**

(이마를 움켜진다.)

그래요, 그 말이 맞아요. 성숙해져야겠죠 … 2곱하기 2는 … 2 가 되죠. 난 그것을 최고의 증명인 유추 실증으로 입증해 보이 겠어요! 잘 들어보세요! … 1곱하기 1은 1이죠. 그러니 2곱하기 2는 2가 되겠죠! 한 가지에 적용되는 것이라면 다른 것에도 적 용되어야 하는 것이 맞겠죠!

**교사**

그 입증이란 것은 절대적인 이론의 원칙에 의한 것이지만, 정답 은 아니야!

**장교**

이론의 원칙에 의한 것은 부당하지 않습니다! … 어디 우리 한

번 시험해 보도록 할까요?

**교사**

유추 실증이라니 아주 옳은 말이긴 하지. 그럼 1곱하기 3은 얼마가 되지?

**장교**

그야 3입니다!

**교사**

따라서 2곱하기 3 역시 삼인가?

**장교**

(심사숙고한다.)

아뇨, 그건 틀렸어요 … 터무니없는 거죠 … 역시 ‒절망적인 모습으로 자리에 앉고 만다.‒ … 제가 아직 제대로 성숙하지 못했나 봅니다!

**교사**

그렇지, 넌 성숙하려면 아직 멀었어 … ―

**장교**

그럼 저는 얼마 동안 이곳에 앉아있어야만 하는 겁니까?

**교사**

얼마 동안 여기에? 시간과 공간이 존재한다고 생각하나? … 시간이 존재한다고 가정해 보도록 하지, 그럼 시간이 무엇인지 말할 수 있겠군! 도대체 시간이 뭔가?

**장교**

시간이라고요? … -곰곰이 생각한다.- 시간의 정의를 내릴 순 없지만, 그것이 무엇인지는 알고 있습니다! 에르고(Ergo),[54] 설명할 순 없지만 2곱하기 2는 얼마가 되는지도 잘 압니다! ― 그럼 선생님은 시간이 무엇인지 아십니까?

**교사**

물론이지!

**모든 학생들**

그럼 말씀해 주세요!

**교사**

시간이라? … 물론! -코에 손가락을 대고 꼼짝 않고 서있다.- 우리가 말을 하고 있는 동안 시간은 사라져가고 있어. 따라서 시간이란 내가 말하고 있는 동안에 사라져버리고 마는 거야! ― 암, 사라져버리고 말지!

---

**54** 라틴어 Ergo는 접속사로 '따라서, 그렇기에, 결국'이라는 뜻.

**학생**

(일어선다.)

이제 곧 선생님께서 말씀을 시작하시겠죠, 말씀하시는 동안 전 사라져버리겠어요. 따라서 바로 제가 시간인 거죠! —도망간다.

**교사**

이론의 원칙에 따르자면 정말 맞는 말이지!

**장교**

이론의 원칙에 의하면 정말 맞는 말이라고 하시는군요! 그렇다면 이론의 원칙이란 터무니없는 것이로군요. 왜냐면 도망친 닐스는 시간일 수가 없기 때문입니다!

**교사**

그건 터무니없는 소리긴 하지만, 그것 역시 이론의 원칙에 의하면 정말 맞는 말이긴 하지.

**장교**

그렇다면 이론이란 터무니없는 것이로군요!

**교사**

정말 그렇게 생각되기도 해! 그렇지만 이론이 미친 것이라면 온 세상이 미친 거야 … 제기랄 내가 여기 앉아 너희들에게 터무니없는 것을 가르치고 있다니! — 누구 술 한 잔 사지 않겠나, 아

151

니면 우리 가서 수영이나 하든지!

**장교**

그 말씀은 포스테리우스 프리우스(posterius prius)[55]이거나 혹은 뒤집힌 세상 같군요. 가끔 사람들은 수영을 먼저 하고 난 다음에 한 잔 하거든요! 영감님!

**교사**

박사가 교만하면 못써!

**장교**

제발 장교라고 불러 주세요! 저는 장교니까요, 그런데 내가 왜 이곳에 앉아 학생들 틈에서 꾸중을 듣고 있는지 도무지 이해가 되지 않는 걸요 ...

**교사**

(손가락을 들어 올린다.)

우리 모두가 성숙해지길 위하여!

※

---

[55] 라틴어로 '뒤가 먼저'란 뜻. 앞서 있다 순서가 뒤집힌 과정을 의미한다.

**검역소 소장**

(들어온다.)

자, 일을 시작하도록 하지!

**장교**

아니, 자네, 자네가 아닌가! 저기 저 작자가 박사인 나를 감히
교실에 앉혔다는 것을 상상이나 할 수 있겠어?

**검역소 소장**

그런데 자넨 왜 떠나지 않는 건가?

**장교**

그토록 쉽게 말을 하는군! — 떠나다니? 그것이 그렇게 쉬운 일
이 아니니까!

**교사**

쉽지 않겠지, 나 역시 그렇게 생각해! — 하지만 노력은 해 봐야
하는 게 아닌가!

**장교**

(검역소 소장에게.)

날 구해 주게! 제발 부탁이니, 저 작자의 감시로부터 벗어나게
해 주게!

**검역소장**

오기만 하라지! … 와서 우리가 춤추는 것을 도와줘 … 페스트가 시작되기 전에 우리는 춤을 춰야 하니까! 우리는 춤을 춰야만 한다니까!

**장교**

그럼 저 범선은 떠나게 되는 거야?

**검역소장**

제일 먼저 떠나게 되지! … 물론 눈물의 이별이 되겠지만!

**장교**

배가 들어오고 떠날 때는 언제나 눈물의 순간이 있기 마련이니까! ― 우리 나가 보도록 하지!

(그들은 나가고, 교사는 조용히 수업을 계속한다.)

(무도회장의 창 곁에 서있던 하녀들이 슬픈 모습으로 부두 쪽으로 간다. 피아노 곁에 서있던 에디트도 그 뒤를 따라 나간다.)

**딸**

(장교에게.)

이 파라다이스에는 행복한 사람이라곤 전혀 없다는 건가요?

**장교**

천만에, 저기 신혼부부가 있군요! 그들에게 귀를 기울여 보도록
합시다!

※

(신혼부부가 등장한다.)

**남편**

(아내에게.)

이렇게 벅차고 한없는 행복에 죽어버리고 싶은 심정이요 …

**아내**

도대체 왜 죽고 싶다는 거죠?

**남편**

우리의 행복 가운데 불행의 씨앗이 자라고 있기 때문이오; 행복
은 마치 불꽃처럼 자신을 태워버리고 마니까 ─ 그것은 영원히
타오르지 않으며 언젠가는 꼭 꺼져버리고 말거든. 최고 절정의
순간에 모든 것이 소멸되어버리니, 왠지 마지막이라는 예감이
들 수밖에.

**아내**

그럼 우리 함께 죽도록 해요, 지금 당장!

**남편**

함께 죽자고 했소? 그래 좋겠지! 나는 행복이란 것이 두려워! 그래서 난, 항상 배신에 대한 준비가 되어 있는 거야!

(그들은 바다를 향해 간다.)

※

**딸**

(장교에게.)

삶이란 고통 그 자체로군요! 인간들이 불쌍해요!

**장교**

이쪽으로 오고 있는 저 사람을 지켜보도록 합시다! 이 지역에서 시기란 시기는 죽도록 다 받고 있는 사람이죠!

(장님이 들어온다.)

저 사람은 이탈리안 스타일의 주택을 백 채나 갖고 있죠. 크고

작은 수많은 만(灣)들, 해변과 숲들, 물속의 물고기들, 공중의
새들, 그리고 숲 속의 짐승들까지도 소유하고 있어요. 수 천에
달하는 사람들이 그에게 새들어 사는 사람들이랍니다. 태양은
그의 바다 위에서 뜨고 그의 땅 위에서 진다고 해도 과언이 아
니니까요 …

**딸**
그런데 그 사람 역시 불평을 하나요?

**장교**
물론이요, 이유가 있긴 있죠. 그는 볼 수가 없는 사람이니까!

**검역소 소장**
장님이지! …

**딸**
그 많은 사람 중에 시기를 가장 많이 받고 있는 사람이 하필 장
님이라니 놀랍군요!

**장교**
이제 그는 범선이 떠나가는 것을 알게 되겠죠, 그 배에는 그의
아들이 타고 있어요.


※

## 장님

비록 볼 수는 없지만 난 들을 수는 있지요! 낚시꾼들이 낚아 올린 생선에서 낚싯바늘을 뜯어낼 때, 생선 입에서 심장을 뜯어낼 때, 닻이 진흙 밑바닥에서 어떻게 벗어나는지를 다 듣고 있소. --- 내 아들, 나의 외아들이 지금 망망대해에서 낯선 외국 땅으로 떠나고 있어요; 나로선 오직 마음만 그 애를 따라갈 수 있을 뿐이지요. --- 지금, 굵은 쇠사슬이 삐걱대는 소리가 들리는군요 --- 그리고 — 빨랫줄에 널어둔 빨래가 바람에 펄럭이고 있어요 … 어쩌면 젖은 손수건일지도 모르지요! --- 그리고 사람들이 어떻게 훌쩍이며 흐느끼는지 다 듣고 있소 … 그것이 선채에 부딪치는 작은 파도들의 철석 거리는 소리인지 혹은 해변을 떠도는 --- 버림받은 소녀들 … 절망적인 소녀들의 소리인지는 잘 모르겠소만 --- 한 번은 내가 한 어린아이에게 왜 바닷물이 짠지 물어보았소. 오랫동안 아버지가 항해를 하고 있다는 그 애는 즉시 대답을 하더군요: 바닷물이 짠 것은 뱃사람들이 아주 많이 울기 때문이라고. — 그럼 왜 뱃사람들은 그렇게 많이 우는 걸까? 하고 묻자 — 그건, 그들 모두가 집을 떠나 있기 때문이라고 했어요 --- 그렇기에 그들은 자신들의 손수건을 언제나 돛대 위에 매달아 말린다고 했소! --- 계속해서 사람들은 슬플 때 왜 우는지 물어봤죠! — 그래요, 그건 사람들이 사물을 더 맑게 보기 위해 가끔 안경을 씻어야 하기 때문이라고 하더군! ---

(범선은 돛을 펼치고 미끄러지듯 나아간다; 해변에 있던 소녀들이 손수건을 흔들며 가끔씩 눈물을 닦는다. 돛대에 깃발이 올라간다. 그것은 〈예스

158

⟩라는 신호로, 하얀 바탕색에 빨간 동그라미가 그려져 있다!<sup>56</sup> 알리스는 손수건을 열광적으로 흔들며 화답한다.)

**딸**

(장교에게.)

저 깃발은 무엇을 뜻하는 건가요?

**장교**

⟨Yes⟩를 뜻하죠. 그것은 해군 중위가 마치 하늘이란 파란 천위에 심장의 붉은 피와 같은 빨간색으로 ⟨Yes⟩라는 글을 그려 알리스에게 전하는 것이오.

**딸**

그럼 ⟨No⟩는 어떤 뜻인가요?

**장교**

그것은 푸른 혈관 속의 썩은 피와 같이 검붉은 색이죠 … 그런데 알리스가 얼마나 행복해 하는지 보이나요?

**딸**

저런, 에디트가 울고 있잖아요! ---

---

**56** 1900년, 국제 해양 신호 규정집에 의하면, 길고 좁은 흰색 바탕의 삼각旗에 빨간 원이 그려져 있으면 "Yes", 반면에 푸른색 바탕의 삼각旗에 흰색 원이 그려져 있으면 "No"를 의미한다.

**장님**

만나고 … 이별하고! — 이별하고 … 또 만나고! — 그것이 인생의 이치가 아니겠소! — 나는 한 여인을 만나 아들을 낳았어요! 그런 후 그녀는 나를 떠났소! — 아들은 내 곁에 남아 있었지만, 이제 그 애마저 내 곁을 떠나가 버렸군요!

**딸**

아드님은 꼭 다시 돌아올 거예요! ---

**장님**

나에게 말을 하시는 분은 누구시오? 예전에 그 목소리를 들은 적이 있는 것 같소. 아마도 꿈속에서, 혹은 젊은 시절에 여름휴가가 시작되었을 때였을까. 아니면 신혼시절, 혹은 우리 아기가 태어났을 때와 같이 매번 삶이 미소를 보내왔을 때, 남풍이 노래하듯 감미롭고, 천상에서 들려오는 하프의 선율 같은 그 목소리를 들은 적이 있어요. 그 목소리는 마치 크리스마스 이브에 천사들이 보내는 인사[57] 같은 것이라고 상상했던 적이 있었으니까요 …

※

---

[57] 신약성경, 루카 복음서 2:10–11: "그러자 천사가 그들에게 말하였다. 두려워하지 마라. 보라, 나는 온 백성에게 큰 기쁨이 될 소식을 너희에게 전한다. 오늘 너희를 위하여 다윗 고을에서 구원자가 태어나셨으니, 주 그리스도이시다."

**변호사**

(들어온다, 장님에게로 다가가 속삭인다.)

**장님**

그게 정말이오?

**변호사**

그럼요, 그렇다니까요! -인드라 신의 딸 앞으로 간다.- … 이제 당신은 거의 모든 것을 본 것 같아요. 그러나 아직 최악은 경험하지 못했소.

**딸**

과연 그것은 어떤 것일까요!

**변호사**

영원함이란 다시 시작되고 --- 반복되면서 --- 과거와 흡사한 상황에 이르고 --- 그러면서 또다시 배우게 되고 --- 되돌아가게 되는 그런 것이지![58] --- 어서 갑시다!

**딸**

어디로 가는 거죠?

---

**58** 19세기 덴마크의 신학자이자 철학자인 서렌 킬케고르(Søen Kierkaegaard,1813-55)의 저서 《반복(Gjentagelsen, 1843)》을 암시하는 것이지만, 킬케고르의 철학은 부정적인 면이 강하지 않다.

**변호사**

당신이 해야만 할 의무가 기다리고 있는 곳으로!


**딸**

그것이 무엇인가요?


**변호사**

당신이 두려워하는 모든 일들이지! 당신이 원하지 않는 모든 일들과 어쩔 수 없이 타의에 의해 강제로 해야만 하는 것들 전부가 아니겠소! 포기하고, 희생하고, 이별하고 … 불쾌감과 혐오감을 느끼는, 그런 고통스러운 모든 것들이라고 할 수 있겠지 …


**딸**

기쁨으로 가슴 뿌듯한 의무란 것은 존재하지 않나요?


**변호사**

물론 그 의무들을 다 할 때는 가슴 뿌듯한 기쁨을 느낄 수 있을 테지…


**딸**

그런 것들이 더 이상 존재하지 않는다면 어쩌죠! --- 결국 의무란 고통스러운 것이겠군요! 그렇다면 즐겁다고 느껴지는 것은 뭐가 있을까요?

**변호사**

즐거움이란 죄악이야!

**딸**

죄악이라뇨?

**변호사**

벌을 받아야만 하는 죄악! 확실한 거지! ― 나는 즐거운 하루를 보내고 나면, 그 다음 날은 지옥 같은 고통과 양심의 가책을 받게 되더군!

**딸**

정말 이상도 하군요!

**변호사**

그렇소. 나는 새벽녘에 심한 두통을 느껴 잠이 깬 후로 불면증이 시작되었고, 그 고통은 반복되곤 해요. 그런 방법으로 전날 저녁은 아름답고, 기쁨에 넘치고, 재치 있지만, 당일 아침의 기억은 추하고, 혐오스럽기 그지없고, 어리석은 것들이 떠오르기 마련이니까. 마치 즐거움이란 썩고, 기쁨은 산산조각으로 부서져버리는 것 같소. 인간들이 성공이라 부르는 것은 상반되는 미래의 원인이 되기도 하는 거요. 내 인생에서 얻었던 성공이란 것들은 오히려 내 신세를 망쳐놓았으니까. 말하자면 인간들은 타인의 행운에 대해 본능적으로 공포감을 갖고 있는 것 같아. 그들은 운명이 사람을 받쳐준다는 것은 불공평하다고 생각하거든. 그래서 돌팔매질을 하여 공평함을 만회하려든다니까. 재능을 갖는다는 것은 끔찍하게 위험한 것이야. 왜냐면 그것은 굶어 죽기 십상이니까! --- 당신의 의무를 수행해야 하는 자리로 돌아가도록 해요. 아니면 나는 당신에게 소송을 제기해야 하고, 우리는 세 단계의 이혼 절차[59]를 거쳐야만 하니까, 일 차 ⋯ 이 차 ⋯ 삼 차 ⋯!

**딸**

내게 돌아가라고 했나요? 부엌으로? 양배추를 끓이는 냄비와 아이들 빨래통 속으로? ⋯

**변호사**

그렇소! 현재 우리에겐 아주 많은 빨랫감이 쌓여있으니까, 다시 말해 우린 모든 손수건을 세탁해야만 하지 않겠소! ⋯

**딸**

어휴! 내가 그 모든 것을 또다시 되풀이해야만 한단 말인가요?

**변호사**

인생이란 다람쥐 쳇바퀴 돌듯, 오로지 반복되는 것의 연속이니까 ⋯ 저 안에 있는 교사를 좀 보도록 해요 ⋯ 어제 그는 박사학위를 수여받고, 월계관도 쓰고, 그의 영광을 위해 예포도 울려

---

**59** 당시의 스웨덴의 이혼법에 의한 절차: 일 차 교구 목사 앞에서 경고. 이 차 교구장 앞에서 경고. 삼 차 가정 법원에서 이혼 판결을 내렸으나, 1973년에 법개정.

퍼졌지 … 게다가 문학 동우회 '몽빠르나스 그룹'에 입회도 했
고 왕이 그를 포옹하기도 했건만 … 그런데 오늘 … 학교로 되
돌아와 2곱하기 2는 얼마가 되냐는 질문을 하고 있다니까, 아
마 죽을 때까지 학생들에게 꼭 같은 질문을 하겠지 … 그러니
제발 당신의 가정으로 돌아가도록 해요!

**딸**

차라리 죽어버리는 게 낫겠어요!

**변호사**

죽는다? 당신은 그럴 권리가 없어! 먼저 그것은 불명예스러운
일이고, 그 상황에선 사람들이 당신의 시체를 경멸할 뿐만 아니
라, 그런 후 --- 당신은 저주를 받게 되겠지! --- 더욱이 자살
은 지옥으로 떨어질 죄란 걸 모르는지![60] 인간으로 산다는 것이
만만치 않아, 아니고말고!

※

**모두**

박수!

---

**60** 옛날 사람들의 개념에 의하면 자살한 자는 지옥에서 고통 받는 심판을 받게 된다.
1864년까지 자살한 자는 죄인이며, 1894년 법 개정 전에는 종을 울려서도, 노래
를 불러서도 안 되며 장례식은 짧고 간소하게 치러야만 했다.

※

**딸**

나는 굴욕과 추한 것으로 똘똘 뭉친 당신들에게 돌아가고 싶지 않아요! --- 내가 왔던 천상으로 되돌아갈 거예요. 그렇긴 하지만 --- 비밀을 알기 위해선 먼저 저 문이 열려야만 해요 ⋯ 그래서 난, 문이 열리기만 학수고대하고 있는 걸요!

**변호사**

당신은 당신의 행적을 따라 천상으로 돌아가야만 할 거요. 왔던 길과 같은 길을 찾아 되돌아가야만 한단 말이요. 반복하고, 말살시키고, 같은 말을 되풀이하며 모든 혐오스러운 과정들을 모두 겪으면서 되돌아갈 수밖에 없는 거요 ⋯

**딸**

그래야 한다면 그렇게 해야겠죠. 무엇보다 먼저 나 홀로 황야로 나가 제 자신을 재발견해 봐야겠어요! 그럼 안녕히! -시인에게.- 저를 따라오도록 하세요!

(탄식의 외침.)

(무대의 강 건너편으로부터 탄식의 소리가 들린다.)

아아, 불행하구나! 진정 너무나 불행해! — 어쩜, 우리 모두는 이토록 불행해야 한단 말인가!

**딸**

저건 무슨 소리죠?

**변호사**

그건 죽음의 땅에서 들려오는 고통의 소리요!

**딸**

저들은 오늘따라 왜 저토록 불평을 늘어놓고 있는 건가요?

**변호사**

그건 이곳에 태양이 빛나고, 음악과 춤이 있으며 또 젊음이 있기 때문이요! 그래서 상대적으로 그들은 자신들의 고통을 더욱더 깊이 통감하고 있는 것이 아니겠소!

**딸**

우린 그들을 구원해야만 해요!

**변호사**

어디 해보도록 합시다! 한 번은 구원자가 왔었지만, 그 분을 십자가에 매달려 돌아가시게 했으니까!

**딸**

누가 그런 짓을 했단 말인가요?

**변호사**

자기 생각만 옳다는 사고를 지닌 모든 사람들이겠지!

**딸**

그들이 누군가요?

**변호사**

자기가 옳다는 사고를 지닌 그 모든 사람들을 정말 모르고 있단 말이요? 이제 당신도 곧 그들을 알게 될 거요!

**딸**

당신이 박사학위를 수여받지 못하도록 반대를 했던 그 사람들 인가요?

**변호사**

그렇소!

**딸**

그렇다면 그들이 누군지 알고 있어요!

지중해 연안의 한 해변. 무대 전경의 왼쪽에는 하얀 벽이 보이고 그 너머로 오렌지가 풍성하게 열려 있는 오렌지나무가 우뚝 솟아 있다. 무대 배경엔 주택과 테라스가 딸린 카지노가 있고, 그 오른쪽에는 석탄 더미와 두 개의 손수레가 놓여 있으며, 무대 배경의 오른쪽엔 푸른 바다의 한 모서리가 보인다.

상의를 벗은 채 얼굴, 손, 몸이 새까만 **두 명**의 **광부**가 절망적인 모습으로
자신들의 손수레에 앉아 있다.

**딸**과 **변호사**가 무대에 등장한다.

※

**딸**

이곳은 천국이군요!

**1: A 광부**

천만에, 이곳은 지옥이지!

**2: A 광부**

그늘 아래가 48도라니!

**1: A 광부**

바닷가에나 갈까?

**2: A 광부**

그랬다간 경찰이 잡아가고 말 걸! 여긴 수영금지 구역이야!

**1: A 광부**

오렌지 하나 따 먹으면 안 될까?

**2: A 광부**

큰일 날 소리, 그럼 경찰이 출동할 걸!

**1: A 광부**

도무지 이 찜통 속에선 더 이상 일을 할 수가 없다니까! … 도망을 쳐버리든지 해야지!

**2: A 광부**

그럼 경찰이 와서 당신을 붙잡아 갈 것이 불 보듯 뻔한 거야. – 침묵.– 그럼 무엇보다도 먼저 빵 해결은 어떻게 할 건가? …

**1:A 광부**

빵 해결? ––– 일은 제일 많이 하는 우리가 가장 적게 먹게 되다니! ––– 결국 먹고 노는 부자가 가장 많이 먹게 되는 꼴이지! — 거짓말하는 게 아니야. 다만 그것이 불공평하다고 주장하는 것뿐이야! — 거기 신의 딸은 어떻게 생각하오?


※


**딸**

할 말을 잊었어요! ––– 말씀해 주세요. 당신은 이토록 온몸이 새까맣게 될 때까지 그다지도 혹독한 운명을 만드느라 무엇을 하셨나요?

170

**1: A 광부**

우리가 무엇을 했냐구? 우린 가난하고 그다지 정직하지 못한 부모한테서 태어난 죄뿐이야! ——— 어쩌면 우리 부모는 한두 번 감옥살이를 했는지도 모르는 일이지!

**딸**

감옥살이라고 했나요?

**1: A 광부**

물론이지! 감옥행을 피해 갈 수 있었던 자들은 지금 저 위의 카지노에 앉아 산해진미와 고급 와인을 즐기고 있다니까!

**딸**

(변호사에게.)

그게 사실인가요?

**변호사**

대체로, 그렇긴 하죠! ———

**딸**

모든 인간들이 한 번 정도는 감옥에 갈 일을 했다는 뜻인가요?

**변호사**

그럼요!

**딸**

당신까지도?

**변호사**

물론!

※

**딸**

이 불쌍한 사람들이 가까운 바다에서 수영하는 것조차 금지되어 있다는 것이 사실인가요?

**변호사**

물론 사실이지! 옷을 입고서도 안 되는 거라니까! 다만 자살하는 사람만은 벌금을 피할 수 있겠지! 그 기회를 놓친 사람은 저 위의 경찰서에 붙잡혀 가서 몰매를 맞기 십상이지!

**딸**

마을을 벗어나, 그곳에서 멀리 떨어진 곳에서도 수영을 할 수 없나요?

**변호사**

멀리 떨어진 곳이란 없소. 모든 것은 담벼락으로 둘러싸여 있으니까!

**딸**

제가 말하고 싶은 것은 자유를 찾아 이곳을 벗어나시란 거예요!

**변호사**

그 어떤 곳에도 자유는 없어요. 모든 것은 사유지니까!

**딸**

광활한 바다도 그렇다는 말인가요? …

**변호사**

모든 것이 다 그렇지! 신고를 하고 돈을 지불하지 않고서는 바다에 보트를 타고 나가는 것도 육지에 정박하는 것도 모두 금지되어 있는 세상이니까. 분명히 말해 사실이 그렇잖소!

**딸**

이곳은 천국이 아니군요!

**변호사**

아니고말고! 그건 명백한 사실이지!

**딸**

왜 인간들은 자신의 상황을 좀 더 나아지도록 하기 위해 아무 노력도 하지 않는 건지 모르겠어요 ‒‒‒

**변호사**

물론 노력을 하긴 하죠. 하지만 뭔가 해 보려고 노력하는 사람들은 모두 감옥이 아니면 정신병원에서 인생을 마감하기 십상이니까요 …

**딸**

누가 그들을 감옥으로 보내는 거죠?

**변호사**

모든 정통파 사람들과, 자신이 정당하다고 주장하는 사람들이지요 …

**딸**

그럼 누가 그들을 정신병원에 보내나요?

**변호사**

자신의 노력이 허사라는 것을 깨달았을 때, 그 절망감이 그들을 스스로 미치게 만들어버리는 거겠죠!

**딸**

보이지 않는 원죄 때문에 이 세상이 그럴 수밖에 없다면, 그들이 사는 세상이 이 지경에 이르렀다는 것을 깨달은 사람은 존재하지 않는단 말인가요?

**변호사**

있긴 있지. 호의호식하며 배불리 먹고 편히 잘 사는 사람들은 언제나 그렇게 생각하고 있기 마련이니까!

**딸**

그들에겐 세상만사가 다 좋기만 하단 말인가요? ---

※

**1: A 광부**

그럼에도 불구하고 이 사회의 초석이 되는 사람들은 우리라니까; 만일 우리가 석탄을 캐 내지 않으면, 부엌의 부뚜막과 거실의 난로엔 더 이상 불씨를 찾아 볼 수 없을 테고, 공장의 기계는 돌아가지 못할 것이며, 길과 상점들, 또한 모든 가정엔 가스등이 꺼져버린 상태가 되겠지; 그렇게 되면 모든 것은 어둠에 쌓이게 될 게 뻔하고, 우리에겐 한파가 덮칠 뿐일 거요 … 그러니 우리가 검은 석탄을 채굴하여 끌어올리느라 그 지옥 같은 곳에서 비지땀을 쏟아내는 것이 아니겠소 … 도대체 당신네들은 그 땀의 대가로 우리에게 무슨 보상을 해주었소?

**변호사**

(딸에게.)

저들을 도와줘요! --- -침묵.- 모든 사람들이 다 똑같을 수가 없다는 것은 나도 이해할 수는 있어요. 그러나 어쩌면 이토록 다를 수가 있겠소?

※

(신사와 부인이 무대를 가로질러 지나간다.)

**부인**
우리 카지노에나 갈까요?

**신사**
아니지, 저녁을 잘 먹을 수 있도록 식전에 잠깐 산보를 하는 것이 좋을 것 같소!

※

**1: A 광부**
저녁을 잘 먹을 수 있도록? …

**2: A 광부**

먹을 수 있도록 …?

**어린아이들**

(들어온다; 그들은 얼굴이 새까만 노동자들을 보자 겁에 질려 비명을 지른다.)

※

**1: A 광부**

아이들이 우리를 보고 비명을 지르잖아! 저 애들이 비명을 지르고 있단 말이야! …

**2: A 광부**

빌어먹을 세상! --- 아무튼 우리 같은 사람들은 이 썩은 몸뚱어리를 책임지고 어서 처리해야만 하겠지 …

**1:A 광부**

빌어먹을 세상! 자네 말 한 번 아주 잘 했어! 제기랄!

※

**변호사**

(딸에게.)

완전히 미친 세상이야! 인간들이 그토록 아주 나쁘지는 않지만
… 다만 …

**딸**

다만이라뇨 …?

**변호사**

다만 잘못된 경영을 한 거죠 …

**딸**

(얼굴을 가리고 나간다.)

이곳은 천국이 아니야!

**광부들**

아암, 아니구 말구. 이건 생지옥이지, 생지옥이야!


막이 내린다.

핑갈 동굴. 짙푸른 파도의 긴 물결이 천천히 동굴 안으로 밀려 들어온다; 무대 전경엔 붉은색을 칠한 신호음을 내는 부표(浮漂)가 물결 위에서 흔들리고 있다. 하지만 정해진 장소가 아닌 곳에서는 소리를 내지 않는다.

바람이 만드는 음악소리가 들려온다.

파도소리가 만드는 음악이 들려온다.

**딸**과 **변호사**.


※


**시인**
도대체 나를 어디에 데리고 온 거요?

**딸**
세상의 바다 맨 끝자락으로, 인간들의 와글대는 소리와 불평으로부터 멀리멀리 떨어진 곳이에요. 이곳에선 천상의 통치자가 죽은 자들의 불평을 듣고 있다고 전해 내려오기에 이 동굴을 '인드라 신의 귀'라고 부르죠!

**시인**

어떻게 그럴 수가? 이곳에서?

**딸**

이 동굴의 모습이 마치 소라껍질같이 보이지 않나요? 그래요, 그렇게 보일 거예요! 설마 당신의 귀가 소라처럼 생겼다는 것을 모르시지는 않겠죠? 분명히 알고 계실 거예요. 그렇지만 그것을 생각해 본 적은 없으시겠죠! -해변에서 소라껍질 한 개를 줍는다.- 어린 시절 소라껍질을 귀에 대고 소리를 들어본 적이 없으신지요 … 당신 심장에서 피가 끓는 소리를, 당신의 머릿속에 수많은 생각들이 웅성거리는 소리를, 그리고 당신 몸의 세포조직 속에 수천 개의 작고 마모된 섬유질이 균열하는 소리 같은 것 말이죠 … 당신은 그런 것을 이 작은 소라껍질로부터 들을 수 있을 거예요! 그러니 하물며 이 커다란 동굴 안에서 무엇을 들을 수 있을 것인지 상상해 보도록 하시죠! ---

**시인**

(듣는다.)

윙윙대는 바람소리 밖에 아무것도 들리지 않는군요 …

**딸**

그럼 제가 통역이 되어드릴게요! 들어보세요! 바람의 푸념을!


(은은하게 흐르는 음악과 함께 암송한다.)


하늘의 저 높은 구름 아래에서 우린 태어났어요.

인드라 신의 번개가 우릴 뒤쫓고 있어요.

저 아래 흙먼지투성이의 지구에서 …

전답들의 지푸라기들이 우리의 발을 더럽히고 있어요.

대로의 먼지

마을의 연기

나쁜 입 냄새

부엌의 악취와 와인 냄새 ―

그 모든 것을 참아야만 해요 …

우리는 광활한 바다를 항해하고 있어요.

신선한 공기를 맘껏 마시기 위해

우리의 날개로 날갯짓을 하기 위해

우리의 발을 씻기 위해!

인드라 신이여, 천상의 지배자여!

부디 귀를 기울여 들어주세요!

우리의 한숨소리를!

지구는 정결하지 않아요!

인생은 달콤하지도 않아요!

인간들은 사악하지 않아요,

그렇다고 선하지도 않아요!

그들은 하루하루 재주껏 살아가고 있어요!
흙먼지의 자식들은 먼지투성이 속을 걸어가고 있어요.[61]
흙먼지에서 태어난 자,
흙먼지로 돌아가리라!
그들은 땅을 밟기 위해 두 발을 얻었지만,
비상하기 위한 날개는 얻지 못했어요!
그들이 흙먼지투성이가 되어버리는 것은,
그들의 잘못인가요,
당신의 잘못인가요?

**시인**

언젠가 그 노래를 들은 적이 있는 것 같아요 …

**딸**

조용히! 바람이 계속해서 노래를 부르고 있어요!

※

---

**61** 창조를 암시하는 글로 구약성경, 창세기 2:7: "그때에 주 하느님께서 흙의 먼지로
사람을 빚으시고, 그 코에 생명의 숨을 불어넣으시니, 사람이 생명체가 되었다."
또한 하느님이 아담에게 하신 말씀인 창세기 3:19: "너는 흙에서 나왔으니 흙으로
돌아갈 때까지 얼굴에 땀을 흘려야 양식을 먹을 수 있으리라. 너는 먼지이니 먼지
로 돌아가리라." 특히 성경구절 "너는 먼지이니 먼지로 돌아가리라."는 죽은 자의
하관 예배에서 신부님이 관 위에 흙을 뿌리며 인용하시는 말씀.

(은은한 음악과 함께 암송한다.)


우리는 바람, 공기의 자녀들
우리는 인간의 불평을 전달하고 있어요!
우리에게 귀를 기울여 보세요.
어느 가을 저녁
굴뚝의 연도(煙道) 안에서
벽난로 덧문 안에서
창문의 틈새 안에서
빗줄기는 지붕을 울렸던가요?
혹은 한 겨울 저녁
눈 덮인 소나무 숲에서
바람이 몰아치는 바다에서
탄식과 불평을 들었나요?
돛과 밧줄 …
공기의 자녀들
그건 우리들 바람이라오.
인간의 심장으로 인해 태어난
우리는 그곳을 가로질러 가며
고통의 노래를 배웠어요 …
환자의 머리맡에서, 전쟁터에서
무엇보다도 아기 방에서
갓난아기가 불평을 해대며
슬퍼하고, 소리치며
삶의 고통을 호소하는군요.

우리들, 우리 바람은
불행하다! 불행하다! 불행하다!
그렇게 윙윙거리며 구슬프게 울고 있어요.


※


**시인**

내 생각으로는 예전에 …


**딸**

조용히 하세요! 아직도 파도들이 계속 노래를 부르고 있어요!


(은은하게 흐르는 음악과 함께 암송한다.)


우리는, 우리는 파도랍니다 —
요람을 흔들어 바람을 잠재워요!
우리들 파도는 짙푸른 색의 요람
축축한 우리는 짜기도 해요;
불꽃을 닮은 우리는;
젖은 불꽃이랍니다.
꺼져가기도 타오르기도 하고
정화시키기도, 잠겨버리기도 하며
생산하고 창조하는

우리, 우리 파도들은
요람을 흔들어 바람을 잠재워요!


※


**딸**

믿을 수 없는 부정한 파도들; 지구의 모든 것은 타지 않고, 파도
에 휩쓸려 — 잠겨버리겠죠 — 여길 보세요 -표류해 온 잔해를 보
인다.- 얼마나 바다가 약탈당하고 파괴되어 버렸는지 여길 좀
보시라니까요 --- 갈리오 총독의 이미지들이 오직 그 침몰된
배들에서 증명되고 있어요 --- 오직 우중충한 배의 선수상(船
首像)만이 그들의 이름과 함께 남아 있는 걸요: 정의, 우정, 황
금빛 평화, 희망, — 희망의 배에 남아 있는 모든 것! --- 거짓
의 희망일 뿐이랍니다! --- 배의 밧줄들, 노걸이들, 물을 퍼내
는 바가지들! 이 구명 부륜(俘輪)을 보세요 --- 이것은 자신을
구하고 위험에 빠진 사람을 죽게 내버려 두었잖아요!


**시인**

(표류해 온 잔해들을 찾는다.)


정의라고 명명한 배의 이름이 적힌 판자 쪽이 아닌가요? 장님
의 아들을 태우고 아름다운 파게르빅 해안을 떠난 배의 이름과
같아요! 그럼 그 배는 침몰되었단 말이군요! 승선한 사람들은

알리스의 약혼자이기에, 에디트의 희망 없는 사랑과 같은 것이
로군요!

**딸**
장님? 아름다운 해안? 내가 꿈을 꾼 것일 거야! 알리스의 약혼
자, 못생긴 에디트, 죽음의 모래밭, 검역소, 유황, 석탄광산, 교
회의 박사 수여식, 변호사 사무실, 회랑과 빅토리아, '자라는 성
(城)'과 장교 … 이 모든 것은 아마 내가 꿈을 꾼 건지도 모르겠
어요 …

**시인**
언젠가 그 모든 것을 시상(詩想) 속에서 그려 본 적이 있어요!

**딸**
그럼 당신은 시(詩)가 무엇인지 아시겠군요 …

**시인**
꿈이 무엇인지는 알아요 … --- 그런데 시란 무엇이죠?

**딸**
사실이 아닌 것, 그러나 사실보다 더 사실적인 것 … 꿈이 아닌
것, 그러나 깨어 있는 꿈같은 것이 아닐는지 …

**시인**
인간 세상의 사람들은 우리 시인들이 단지 농담이나 하며 … 존

재하지도 않는 것을 꾸며 내어 시상을 찾아낸다고 생각한다니까요!

**딸**

다행이군요. 그렇지 않으면 보상의 결핍으로 세상은 불모지가 되고 말지도 모르죠. 모두들 똑바로 누워 하늘을 쳐다보는 것이 좋겠어요; 그럼 더 이상 아무도 쟁기와 삽, 대패나 곡괭이를 들겠다는 사람은 없을 테니까요!

**시인**

당신이 그런 말을 다 하는군요, 절반은 저 천상의 집에 속하는 인드라 신의 딸인 당신 같은 사람이 −−−

**딸**

당신이 나를 비난하는 것은 당연해요; 내가 이 땅에서 너무 오래 머문 것 같아요. 그리고 당신처럼 진흙탕에서 목욕도 해봤으니 … 더 이상 난, 생각의 나래를 펼칠 수가 없어요; 날개엔 찰흙이 … 발엔 진흙이 … 지금 저는 … −팔을 들어올린다.− 가라앉아 가고 있어요, 가라앉아 가고 있어요 … 아버지 절 도와주세요, 천상의 신이여! −침묵이 흐른다.− 더 이상 인드라 신의 대답을 들을 수가 없군요! 에테르[62]가 아버지의 목소리를 내 귀의 달팽이관까지 전달하지 못하고 있어요 −−− 아마도 은실이 끊어

---

**62** 에테르 혹은 아이테르($\alpha\iota\theta\eta\rho$)는 고대 그리스에서 빛나는 공기의 상층을 뜻하는 말이다.

져 버린 것 같아요 … 불행해요. 이제 난, 이 지상의 세속적인
인간이 되어버렸나 봐요!

**시인**

이제 당신은 진정 … 천상으로 올라가고 싶은 거요?

**딸**

제가 지금껏 표류해 온 잔해를 태워버리는 즉시 … 그건 광활한
대양의 물이 저를 정화시키지 못하기 때문이죠! 왜 내게 그런
걸 물으시죠?

**시인**

그건 … 한 가지 간청이 있기 때문이요 … 당신 편에 보낼 탄원
서가 있어서 …

**딸**

무슨 탄원서인지 …

**시인**

하늘을 주관하시는 분에게 한 몽상가가 보내는 지극히 인간적
인 탄원서라고나 해야 할지!

**딸**

과연 그것을 누가 전한단 말인지 …

**시인**

인드라 신의 딸인 당신이 …

**딸**

제게 당신의 시를 들려주실 수 있으신가요?

**시인**

물론이요!

**딸**

그럼 어서 들려주세요!

**시인**

당신이 직접 읽는 편이 더 나을 것 같소!

**딸**

그럼 그것을 어디에서 읽을 수가 있나요?

**시인**

나의 생각 속에! 혹은 여기에! −두루마리 종이를 건네준다.−

**딸**

(종이뭉치를 받는다, 그러나 보지도 않고 암송한다.)

아무튼 이렇게 암송해 보겠어요!

※

**딸**

"왜 당신은 고통 가운데 태어났나요?

왜 당신은 어머니에게 고통을 주었나요,

인간 세상의 자녀들이여, 언제면 어머니에게

기쁨 위에 모든 기쁨인

모성애의 기쁨을 느끼게 해 줄 수 있나요?

왜 당신은 날이 밝으면 깨어나서

사악하고 고통스러운 비명으로

찬란한 태양을 향해 인사를 하나요?

왜 당신은 삶에 미소를 보내지 않나요.

인간 세상의 자녀들이여, 인생의 선물이란

다름 아닌 기쁨 그 자체가 아닌가요?

왜 우리는 짐승과 유사하게 태어났을까요.

이런 우리가 신의 혈통이며 인간의 후예란 말인가요?

신은 그 혈통과 도덕의 타락보다 더한

처지를 요구하는 거란 말인가!

과연 우리는 신의 이미지를 바꾸어야 하는 건지 …"

(그녀는 시 암송을 중단하고 시인에게 말 한다;)

--- 조용히 하세요! 뻔뻔한 사람 … 작품은 거장을 비난하지

않아요! 아직까지 그 누구도 인생의 수수께끼를 푼 사람은 없으

니까요! ᅳ ᅳ ᅳ

"이렇게 경주는 시작되는 거예요
가시덤불과 엉겅퀴, 그리고 차가운 돌 위에서;
언젠가 길이 열리면
그건 곧 금지되어버려요;
꽃 한 송이를 꺾어 보세요, 당장!
그럼 그것이 다른 사람의 소유란 것을
당신은 곧 알게 될 거예요;
경작지로 가야 할 길이 막혀버린다 해도
당신은 자신의 여정을 계속해야만 해요,.
당신이 타인의 경작물을 밟으면
후일 그 사람들은 당신의 것을 밟아버리죠.
평등해지기 위한 것이라나요!
당신이 누리는 모든 기쁨은
모든 타인의 슬픔을 초래할 수 있지만,
당신의 슬픔은 그 누구의 기쁨으로도 만들지 못해요
그것은 슬픔 위에 또 슬픔이 있기 때문이죠!
그렇게 당신의 여정은 죽음을 찾아가는 거예요
안타깝게도 당신의 죽음은 타인에겐 득이 되지요!"
ᅳ ᅳ ᅳ —그렇게 살아 온 흙먼지의 자손인 당신이
천상의 신에게 다가 가려는 건가요?

**시인**
지상으로부터 올라가는

아주 밝고, 깨끗하고, 쉬운 언어로
흙먼지의 아들을 어떻게 발견하실지 모르기에
신의 딸이여, 당신은 우리 인간들의 불평을
천상의 신께서 잘 이해할 수 있는 언어로
번역해 줄 수 있나요?

**딸**

하고 싶어요!

**시인**

(부륜(孚輪)을 언급한다.)

저기 떠다니는 것은 무엇이오? 부륜인가요?

**딸**

맞아요!

**시인**

후두가 있는 폐를 닮았군요!

**딸**

그것은 바다의 수호자예요; 위험이 닥쳤을 때는 노래를 부르죠.

**시인**

나에겐 바닷물이 치솟아 오르며 소용돌이 치고 파도가 부서지는 듯이 보여요 …

**딸**

그렇게 말할 수도 있겠군요!

**시인**

불행하구나! 내가 무엇을 보고 있는 거야? — 암초 가까이에 …
배 한 척이 보이잖아!

**딸**

무슨 배인가요?

**시인**

내 생각엔, 유령선일 거요.

**딸**

그게 뭐죠?

**시인**

'방황하는 홀랜드인'[63]이죠.

**딸**

'방황하는 홀랜드인'이라고 했나요? 그 사람은 왜 그토록 심한
벌을 받아야만 하고 상륙조차 할 수가 없었다는 건가요?

**시인**

그가 부정한 일곱 명의 아내를 두었기 때문이죠!<sup>64</sup>


**딸**

그런 일로 벌을 받아야만 하나요?

---

**63** 리하르트 바그너(Wilhelm Richard Wagner 1813–83)가 처음으로 신화와 전설을 응용하여 유도동기(Leitmotive)라는 독특한 방법을 적절히 적용시켜 서술한 작품이다. 3막극 오페라《방황하는 홀랜드인(Der fliegende Holländer, 1841)》는 바그너가 북유럽의 전설과 독일이 낳은 세계적인 시인 하인리히 하이네(Heinrich Heine, 1797–1856)의 소설, 《폰 슈나벨레보프스키 씨의 비망록(Die Memoiren des Herrn von Schnabelewopski, 1831)》에서 소재를 얻고, 자신이 체험한 폭풍우 속의 항해를 담아 대본까지 직접 쓴 작품이다. 표류하는 유령선에 대한 다수의 문헌이 있지만 오페라의 배경은 폭풍이 휘몰아치는 어두운 바다와 노르웨이 해안의 어촌이다. 홀랜드인 선장 반 데르 데켄은, 거센 폭풍우를 무릅쓰고 아프리카의 희망봉을 돌려고 하자 실패를 하지만 영원히 표류한다 해도 자신의 희망을 버리지 않을 것을 맹세한다. 결국 저주를 받은 그는 환상의 유령선에 선원들을 태우고 영원히 표류하게 된다. 7년 만에 한 번씩 육지에 상륙 가능한 이 배는 7대양을 표류해야 할 저주 받은 홀랜드인이 생사를 함께 할 운명의 여인을 만나면 저주가 풀린다고 했다. 오페라는 7년 만에 육지에 상륙하는 장면으로 시작되며, 노르웨이 선장 달란트를 만나고 그에게 딸이 있다는 소리를 듣자 금은보화를 주고 그의 딸과의 결혼을 청한다. 한편 선장의 딸은 저주 받은 선장을 자신이 구하겠다고 말한다. 집에 돌아온 달란트 선장은 딸에게 그와 결혼할 것을 말한다. 딸 젠타는 자신이 홀랜드인의 저주를 풀어 줄 것이라고 맹세하자 그는 진실한 사랑을 찾은 것에 기쁨을 감추지 못한다. 해안에 정박해 있는 홀랜드인의 배는 죽음 같은 정적 속에 쌓여 어두운 분위기를 자아내자 달란트의 선원들이 전설에 나오는 유령선이라고 말하자 홀랜드인의 배 주위에 거센 파도와 불길이 치솟고 모두가 공포에 사로잡힌다. 이때 젠타를 연모하는 사냥꾼과 젠타의 이야기를 듣게 된 홀랜드인은 젠타의 사랑의 맹세가 거짓이었다는 오해로 분노하여 출범 명령을 내린다. 그는 자신이 '방황하는 홀랜드인'이라 말하며 떠나버린다. 그러자 젠타가 진심을 바친다며 바다에 뛰어들자 유령선은 바다로 침몰하고 젠타의 숭고한 사랑이 영원히 망망대해를 표류해야 하는 홀랜드인 선장을 참혹한 운명으로부터 구해 낸다. 홀랜드인과 젠타의 두 영혼이 서로 포옹하며 붉은 노을로 물든 아름다운 바다를 배경으로 함께 하늘로 승천한다는 스토리.

**64** 아마도 그가 그녀들로부터 벗어났기에 영원히 저주를 받은 것이라는 뜻.

**시인**

그렇소! 모든 정통파의 생각을 지닌 사람들이 그를 심판해 버리니까! …

**딸**

정말 이상한 세상이로군요! ――― 그럼 그 사람은 어떻게 공권박탈로부터 해방될 수 있었나요?

**시인**

해방이라? 해방된다는 것을 조심하지 않으면 안 되지요 …

**딸**

그건 왜 그런가요?

**시인**

그 이유는 … 아니지, 그것은 방황하는 홀랜드인이 아니지! 그것은 즐기기 위한 한 척의 평범한 배에 지나지 않아! ――― 지금 왜 부륜은 울지 않는 걸까? ――― 바닷물이 치솟아 오르며 소용돌이치는 파도가 거친 걸 보세요; 우린 곧 동굴 안에 갇히게 될지도 몰라요! ――― 지금 선상의 시계가 울리는군! ― 우리는 곧 침몰된 갈리온 선박[65]의 이미지 하나를 더 얻게 되겠군요 … 부륜아 힘껏 울어 수호신인 너의 임무를 수행토록 하렴 … -부륜

---

**65** 1643년, 바하마섬 해협에서 해적, 피에르 르그랑(Pierre Legrand)에게 납포된 스페인의 무역선인 갈리온과 같은 형태의 범선.

이 호각과 닮은 듯 4박자로 5도 6도 음정으로 노래한다.- ––– 우리를
향해 승선 자들이 손을 흔들고 있어요 … 우리는 점점 그들의
시야에서 사라져가게 되겠지요!

**딸**

당신은 해방되고 싶지 않으신가요?

**시인**

물론이죠, 물론 그러고 싶어요, 그렇지만 지금은 아닌 것 같소
… 바닷속에서는 아니죠!

※

**승선자**

(4박자로 노래한다.)

크리스트 키리에(Krist Kyrie)!<sup>66</sup>

**시인**

지금 그들의 아우성 소리가 들려요! 바다 역시 외쳐대고 있군요! 그러나 아무도 그 소릴 듣지 못하고 있어요!

**승무원**

(전과 같이.)

크리스트 키리에(Krist Kyrie)!

**딸**

저기 오고 있는 사람은 누군가요?

**시인**

바다 위를 걸어오는 자 말이요? 바다 위를 걸어가시는 자는 오직 한 사람뿐이죠[67] — 베드로, 그는 반석이 아니죠,[68] 왜냐면 그가 배에서 내려 예수께로 가면서 거센 바람을 보고 무서워 돌처럼 가라앉아 갔으니 말이요[69]...

---

**66** 가톨릭에서 사용되는 자비송으로, 공동체를 대표하여 사제가 하느님께 기도를 바치기 전, 모두 함께 드리는 기도. 5세기경 그리스 정교에서 유래된 키리에 엘레이손(Kyrie eleison)은 "주님 자비를 베푸소서"의 뜻인 그리스어다. 제49대 성 젤라시우스(St. Ge-lasius, 재위 492–496년, 교황 때부터 널리 사용하기 시작되어 제1대 성 그레고리오 교황(라틴어: St. Gregorius PP. I, 이탈리아어:Papa Gregorio I) 때 전례화되었다. 이 기도는 절대자이신 하느님께 미약한 죄인을 불쌍히 여기어 주시길 청원하는 기도다.

**67** 신약성경, 마태오 복음서 14:25: "예수님께서는 새벽에 호수 위를 걸으시어 그들 쪽으로 가셨다."

**68** 신약성경, 마태오 복음서 16:18: "나 또한 너에게 말한다. 너는 베드로이다. 내가 이 반석 위에 내 교회를 세울 터인즉, 저승의 세력도 그것을 이기지 못할 것이다.

(바다 위에 하얀 빛이 반짝인다.)

**승무원**

크리스트 키리에(Krist Kyrie)!

**딸**

저기 저 사람이 바로 그 분이신가요?

**시인**

십자가에 못 박히신, 바로 그 분이시죠 …

**딸**

왜 그랬을까요? — 말해 주세요, 왜 그 분은 십자가에 못 박혀 돌아가셔야만 했나요?

**시인**

죄인인 우리 인간들을 구원하기 위해서 …

**딸**

누구였죠? — 누군지 잊어버렸어요! — 누가 그 분을 십자가에

---

**69** 신약성경, 마태오 복음서 14: 28 −30 "그러자 베드로가 말하였다. 주님, 주님이시거든 저더러 물 위를 걸어오라고 명령하십시오." 예수님께서 "오너라. 하시자, 베드로가 배에서 내려 물 위를 걸어 예수님께 갔다. 그러나 거센 바람을 보고서는 그만 두려워졌다. 그래서 물에 빠져들기 시작하자, 주님, 저를 구해 주십시오. 하고 소리를 질렀다."

서 고난을 받게 했었죠?

**시인**

자기 생각이 옳다고 주장하는 모든 사람들이죠!

**딸**

정말 이상한 세상이로군요!

**시인**

파도가 거칠어지고 있어요! 사방엔 어둠이 깔리고 … 폭풍우가 점점 세차게 몰아쳐 오는 것 같아요 …

※

**선원**

(비명을 지른다.)

**시인**

선원들이 자신의 구원자를 보고 공포에 떨며 비명을 지르고 있어요 … 지금 --- 그들은 구원자가 무서워 갑판 위를 허둥대며 정신없이 이리저리 뛰어다니는군요 …

**선원**

(다시 비명을 지른다.)

**시인**

죽음에 처해 비명을 지르고 있어요! 비명을 지르며 태어났건만 죽으면서도 비명을 질러대는군!

(마치 그들을 동굴 속에 삼켜버리기라도 할 듯이 소용돌이치며 치솟는 파도가 엄청난 기세로 몰려온다.)

**딸**

만약 그것이 범선이라는 것이 확실하다면 …

**시인**

실은 … 그것이 범선이라는 생각이 들지 않아서 … 그건 바깥의 나무와 … 그리고 … 전화 송신탑[70] … 그래요 하늘에 닿을 듯 치솟아 올라와 있는 전화 송신탑이 있는 2층집일 거요 … 그건 바빌로니아 사람들이 제사를 지내던 신전을 알리기 위해 하늘 위로 줄을 올려 보내는 현대판 바벨탑[71]이란 것이지요 …

**딸**

창조주의 자녀들이여! 인간의 생각을 전달하기 위한 것이 금속

---

**70** 당시 말름쉴나드스가탄(Malmskilnadsgatan) 30번지. 4각형 건물의 높은 탑 위에서 스톡홀름 전체의 전망을 볼 수 있었던 곳으로, 1887에서 1952까지 중앙 전화국 위에 수많은 전신 전화 줄의 탑을 세웠던 것을 암시함.

줄이어야 할 필요는 없어요; --- 독실한 신자의 기도는 우주를 가로질러 하늘에 울리죠 ··· 그것은 분명히 바벨탑이 아니랍니다. 왜냐면 당신이 하늘을 급습하기 원하기에, 당신의 기도로 공격하는 것이겠죠!

**시인**

그렇지 않아요. 그것은 집도 아니고 --- 전화 송신탑도 아닌 거요 --- 저것이 보이나요?

**딸**

무엇을 보고 있는 거죠?

**시인**

백설로 덮여 있는 연병장의 하얀 황무지를 보고 있소 --- 언덕 위에 있는 교회 위로 겨울 햇살이 비취며, 하얀 눈 위에 종탑이 긴 그림자를 드리우고 있소 --- 지금 한 무리의 군대가 연병장

---

**71** 구약성경, 창세기 11: 1-9; "온 세상이 같은 말을 하고 같은 낱말들을 쓰고 있었다. 사람들이 동쪽에서 이주해 오다가 신아르 지방에서 한 벌판을 만나 거기에 자리잡고 살았다. 그들은 서로 말하였다. "자, 벽돌을 빚어 단단히 구워 내자." 그리하여 그들은 돌 대신 벽돌을 쓰고, 진흙 대신 역청을 쓰게 되었다. 그들은 또 말하였다. "자, 성읍을 세우고 꼭대기가 하늘까지 닿는 탑을 세워 이름을 날리자. 그렇게 해서 우리가 온 땅으로 흩어지지 않게 하자." 그러자 주님께서 내려오시어 사람들이 세운 성읍과 탑을 보시고 말씀하셨다. "보라, 저들은 한 겨레이고 모두 같은 말을 쓰고 있다. 이것은 그들이 하려는 일의 시작일 뿐, 이제 그들이 하고자 하는 것은 무엇이든 못할 일이 없을 것이다. 자, 우리가 내려가서 그들의 말을 뒤섞어 놓아, 서로 남의 말을 알아듣지 못하게 만들어 버리자." 주님께서는 그들을 거기에서 온 땅으로 흩어버리셨다. 그래서 그들은 그 성읍을 세우는 일을 그만두었다. 그리하여 그곳의 이름을 바벨이라 하였다. 주님께서 거기에서 온 땅의 말을 뒤섞어 놓으시고, 사람들을 온 땅으로 흩어버리셨기 때문이다."

에서 행진을 하고 있군요. 그들은 종탑의 뾰족탑까지 올라가, 방금 십자가에 다다랐어요. 아마 꼭대기에 있는 닭을 처음으로 밟는 자는 죽어야만 한다는 것을 직감할 수 있을 거요 ···. 지금 그들이 접근하고 있소 ··· 육군하사가 맨 앞에서 걷고 있어요 ···. 뽐내며! 연병장 위로 구름이 몰려오고 있잖아. 아마 태양을 삼켜버릴지도 몰라요 ··· 이제 모든 것이 사라져버렸군 ··· 구름의 물이 태양의 불을 꺼버렸나 봐요! 태양빛은 탑의 어두운 그림자를 창조해 냈지만, 구름의 어두운 그림자는 탑의 어두운 그림자를 지워버렸군요. ---

(위의 이야기가 진행되는 동안 무대는 극장의 회랑으로 변한다.)

**딸**
(문지기 여인에게.)

대법관님께서는 아직 도착하지 않으셨나요?

**문지기 여인**
아니!

**딸**
그럼 학장님은 오셨나요?

**문지기 여인**
아니!

**딸**

그럼 즉시 그들을 부르세요, 문이 열릴 테니까요 …

**문지기 여인**

그것이 그렇게 중요한 거야?

**인드라 신의 딸**

네, 그럼요! 이 세상에 대한 수수께끼의 해결책이 저 안에 보관되어 있다는 의혹이 있기 때문이죠! --- 아무튼 대법관과 네개 학부의 학장들을 부르도록 하세요!

**문지기 여인**

(호각을 분다.)

**딸**

다이아몬드 칼을 가진 유리장수를 잊지 마세요! 그가 없으면 아무 소용이 없으니까요!


※


**극장 단원들**

(극이 시작될 때와 마찬가지로 좌측에서 등장.)

※

**장교**

(실크 모자를 쓰고 프록코트 차림으로 장미 다발을 손에 들고 무대 안쪽에서 등장. 아주 기쁨에 차 있다.)

빅토 … 리 … 아! …

**문지기 여인**
빅토리아는 곧 올 거야!

**장교**

사실인가요! 마차는 이미 대기 중이고, 근사한 식탁도 준비되어 있어요. 물론 샴페인은 얼음에 채워 놓았죠 … 아가씨, 아주머니, 포옹을 하게 해주세요! −문지기 여인을 끌어안는다.− 빅토 … 리 … 아 …!

**위에서 들려오는 여자 목소리**

(노래를 하듯 화답한다.)

나, 여기 있어요!

**장교**

(서성대기 시작한다.)

그래요! 기다리고 있어요!

※

**시인**

전에도 이런 일을 경험한 적이 있는 것 같기도 한데 …

**딸**

나 역시 그래요!

**시인**

혹시 내가 꿈을 꾼 건가?

**딸**

아니면, 시를 썼는지도 모르잖아요?

**시인**

그렇다면, 아마 시를 썼을 거요!

**딸**

그럼 시가 무엇인지 아시겠군요!

**시인**

꿈이 무엇인지는 알아요!

**딸**

예전에도 다른 장소에서 이런 말들을 주고받았던 것 같아요!

**시인**

그럼 진실이 무엇인지 곧 열거할 수 있겠군요!

**딸**

혹은 꿈을!

**시인**

혹은 시를!

※

**대법원장**, **신학대**, **문리대**, **의대**, **법대**의 **학장들**이 들어온다.

**대법원장**

물론, 그 문에 대한 문제겠지요! — 신학대학 학장님께선 어떻게 생각하시는지요?

**신학대 학장**

난 생각 같은 건 하지 않아요. 다만 믿을 뿐 … 크레도(Credo)[72]
…

**문리대 학장**

내 생각엔 …

**의대 학장**

나는 알고 있지만 …

**법대 학장**

나는 증거와 증인심문을 거칠 때까지 의혹을 품지요!

**대법원장**

저들은 이제 또 싸우려드는군! --- 먼저 신학자님께선 어떻게
생각하시는지요?

**신학대 학장**

나는 이 문이 위험한 진실을 숨기고 있으니 열려선 안 된다고
생각합니다.

**문리대 학장**

결코 진실이란 위험하지 않아요!

---

**72** 라틴어: '나는 믿는다.'란 뜻.

**의대 학장**

도대체 진실이란 것이 뭡니까?[73]

**법대 학장**

두 명의 증인이 증명할 수 있는 것이지요!

**신학대 학장**

가짜 증인 두 명으로 모든 것을 증명할 수도 있겠지[74] — 법을 맘대로 뜯어고치는 자에 의해서!

**문리대 학장**

진실은 지혜로운 것이요, 그리고 지혜는 지식이고, 철학 그 자체지요! … 철학은 학문 중의 학문이며, 지식 중의 지식이요. 그러니 모든 다른 학문은 철학의 하인에 불가한 것 뿐이요!

**의대 학장**

유일한 학문은 자연과학이요; 철학은 학문이 아니지요! 단지 텅 빈 상상에 지나지 않는단 말이요!

**신학대 학장**

브라보!

---

**73** 신약성경, 요한 복음서, 18:38: 빌라도가 예수님께 말했다. "진리가 무엇이오?"를 암시
**74** 1942년, 두 명의 증인이면 판결에 충분하다는 법 조항이 만들어졌다.

**문리대 학장**

(신학대 학장에게.)

당신은 "브라보"라고 외쳤소! 그럼 당신은 뭐란 말이요? 신학이 란 모든 학문의 천적이며, 학문의 모순일 뿐더러, 무지하고, 난 해하다는 것을 모르고 있다는 말인지 …

**의대 학장**

브라보!

**신학자**

(의대 학장에게.)

"브라보"라고 말하는군요. 당신이야말로 당신 코끝에 달린 현 미경밖에 볼 수 없고, 당신의 잘못된 오감이나 믿는 사람에 지 나지 않소. 어디 당신 눈을 예로 들어봅시다. 그것은 원시일 수 도, 근시일 수도, 장님일 수도, 시력이 약할 수도, 사팔뜨기일 수도, 외눈일 수도, 색맹일 수도, 빨간색 색맹 혹은 초록색 색맹 일 수도 있는 것이 아닐지 …

**의대 학장**

멍청한 인간 같으니라고!

**신학대 학장**

고집불통 같으니라고!

(그들은 서로 주먹질을 시작하기에 이른다.)

**대법원장**

제발 조용히 하세요! 제 눈 제가 찌르는 짓은 그만들 두시죠!

**문리대 학장**

만약 나에게 법학자와 의학자, 저 두 사람 중 하나를 선택하라 한다면, ― 그 아무도 선택하지 않을 거요!

**법대 학장**

만일 내가 당신들 세 사람의 재판관으로 앞에 앉아있다면, ― 아마 난 당신들 세 사람 모두에게 유죄판결을 내릴 거요! ――― 당신들은 분명히 단 한 가지 항목에도 일치를 볼 수 없을 것이고, 절대로 그렇게 할 수도 없었을 것이요! ― 다시 쟁점으로 돌아갑시다! 이 문, 이 문이 열리는 것에 대한 대법원장님의 견해는 어떠신지요?

**대법원장**

제 견해를 물었소? 아무런 견해가 없어요! 단지 여러분들이 대학의 평의회에서 서로 팔다리를 분지르지 않게 잘 돌보도록 정부로부터 이곳에 발령을 받았을 뿐이요 ――― 여러분들이 청년들을 교육하고 있는 동안에 말이요! 견해란 것이 뭐요? 아니지, 말조심해야지. 견해란 말을 주의해야만 할 거요. 나도 언젠가 한 번은 여러 가지 견해를 갖은 적이 있었소. 그러나 그것은 즉시 반박을 받게 되었지요. ― 물론 반대론자에 의해서! ――― 비록 그것이 위험한 진실을 숨기고 있다 할지라도, 아무튼 이제 우리가 그 문을 열어보도록 하면 어떻겠소?

**법대 학장**

진실이란 무엇이요? 도대체 진실이 어디에 있다는 말이요?

**신학대 학장**

내가 곧 길이고 생명이니라[75]…

**문리대 학장**

나는 지식 중의 지식이란 말이오!

**의대 학장**

나는 정확한 지식의 총체요 …

**법대 학장**

나는 그것을 믿지 않아요!


(그들은 서로 주먹질을 시작하기에 이른다.)



※

---

**75** 신약성경, 요한 복음서 14:6 : 아버지께 가는 길을 모른다고 말하는 토마스에게 예수님이 "나는 길이요, 진리요, 생명이다. 나를 통하지 않고서는 아무도 아버지께 갈 수 없다."를 인용한 대사.

**딸**

소위 청년들을 교육한다는 선생님들, 당신들은 부끄러운 줄 알아야 해요!

**법대 학장**

정부의 대리인이시고, 교수회의의 장이신 대법원장님, 저 여자의 반칙을 법정에 고발하셔야만 합니다! 그녀는 여러분들에게 부끄러운 줄 알라고 했습니다! 그것은 모욕적인 언사요. 게다가 비꼬는 말투로 조롱하며 여러분들을 젊은이들의 선생님이라 불렀소. 그건 우리들을 폄하하는 말에 지나지 않아요!

**딸**

젊은이들이 불쌍하군!

**법대 학장**

그녀는 젊은이들을 애석하게 생각하는군. 다시 말해 그것은 우리를 비난하는 것과 마찬가지요! 대법원장님, 이 범죄를 고발하셔야만 합니다!

**딸**

애석하게 생각해요. 전반적으로 당신들 모두는 서로를 비난하고 있어요! 저는 당신들이 젊은이들의 영혼 속에 의혹과 반목을 심어주고 있다는 것을 고발하고 싶군요!

**법대 학장**

들어보시오! 저 여잔 스스로 젊은이들에 대한 우리들의 권위에 의혹을 불러일으키고 있어요! 그것이 범죄 행위가 아니고 뭐란 말요, 어디 정통파적 사고를 지닌 모든 사람들에게 물어보고 싶소!

※

**정통파적 사고를 지닌 모든 사람들**

맞소, 그건 분명 범죄 행위요!

**법대 학장**

정통파적 사고를 지닌 모든 사람들이 당신을 심판했소! ― 당신이 거두어들인 것을 갖고 조용히 돌아가도록 하시오! 그렇지 않으면 …

**딸**

내가 거두어들인 것이라고요? ― "그렇지 않으면"이라고 하셨나요? 그렇지 않으면 어쩌겠다는 건가요?

**법대 학장**

그렇지 않으면 돌을 맞게 되겠지!

**시인**

아니면 십자가에 매달리든지!

**딸**

이제 가봐야겠어요! 저를 따라오세요. 그럼 수수께끼의 비밀을 알게 될 테니까요!

**시인**

수수께끼라뇨?

**딸**

그가 소위 말한 "내가 거두어 들인 것"이란 것은 무슨 뜻인가요? …

**시인**

아마 별것 아닐 거요! 그런 것을 소위 헛소리라고 해요! 아마 잡담을 한 걸 거요!

**딸**

아무튼 그 사람은 그렇게 말하며 저에게 심한 모욕을 주었어요!

**시인**

그 사람은 바로 그것이 목적이었으니까요! --- 그런 것이 소위 인간들이죠!

※

**정통파적 사고를 지닌 모든 사람들**
만세! 드디어 문이 열렸어!

※

**대법원장**
문 뒤에 숨겨져 있던 것은 무엇이었소?

**유리 장수**
아무것도 없었어요!

**대법원장**
그는 아무것도 보지 못한 거야. 맞아, 나도 그렇게 생각하지!
--- 학장님들! 문 뒤에 무엇이 숨겨져 있던가요?

**신학대 학장**
아무것도 없었소! 그렇소, 그것이 바로 이 세상의 수수께끼를
푸는 것이지요! --- 창조주는 무(無)에서 하늘과 땅을 창조하
셨으니까요.

**문리대 학장**

무(無)에서는 아무것도 탄생할 수 없어요![76]

**의대 학장**

말도 안 되는 소리! 절대 그렇지 않소!

**법대 학장**

나는 그런 말장난은 믿지 않소! … 여긴 분명 속임수가 있을 거요. 본인은 정통파적 사고를 지닌 모든 사람들에게 간청을 하고 싶소!

※

**딸**

(시인에게.)

---

**76** 라틴어 관용어 "엑스 니힐로, 니힐 피트(Ex nihilo, nihil fit)는 무에서는 아무것도 생겨나지 않는다"라는 뜻를 연상케하는 대사. 고대 로마의 시인 루크레티우스(Lucretiu, BC. 99 ~BC. 55)가 BC 50년 경, 헬레니즘 시대의 중요한 철학 사조와 특별히 에피큐로스의 자연학을 체계적으로 정리해 놓은 철학 입문서인 《사물의 본성에 관하여(De rerum natura)》에서 찾아볼 수 있는 문구. 이 문헌은 에피큐로스의 자연학의 논의들 즉, '존재하지 않는 것으로부터는 아무것도 생겨나지 않으며, 존재하지 않는 것으로 소멸해 가는 것은 아무것도 없고, 우주를 구성하는 것은 물체와 공허뿐이라고 주장에 자신의 시적 상상력을 가미하여 남긴 유일한 철학 운문집으로, 우주론, 윤리학, 물리학을 논리 정연하게 미학적으로 전해주고 있다. 자신의 유물론에서는 세상을 움직이는 것은 신들이 아니라 원자들이라고 주장하며 모든 사물은 눈에 보이지 않는 입자로 만들어졌다는 원자론을 주장했다.

누가 정통파적 사고를 지닌 사람들인가요?

**시인**

글쎄요, 난들 그걸 어떻게 알겠어요? 정통파적 사고를 지닌 모든 사람들이란 종종 오로지 한 사람이요. 오늘은 나와 나의 모든 것이고, 내일은 당신과 당신의 모든 것이죠! — 그것은 사람들이 지정하는 것이거나 혹은 자기 스스로 지정하는 그런 것들이 아닐지!

※

**정통파적 사고를 지닌 모든 사람들**

우리를 속였어!

**대법원장**

누가 여러분을 속였다는 겁니까?

**정통파적 사고를 지닌 모든 사람들**

딸이지 누구겠소!

**대법원장**

신의 딸은 이 문이 열리는 것이 무엇을 의미하는지 설명해 줄 수 있겠소?

**딸**

아뇨, 그리고 싶지 않아요. 비록 제가 그것을 말한다 해도, 대법원장님은 저를 믿지 않으실 테니까요!

**의대 학장**

그것은 아무것도 그곳에 없기 때문이겠지!

**딸**

그렇게 함부로 말씀하시는군요! — 하긴 당신이란 사람이 그것을 어떻게 이해할 수 있겠어요!

**의대 학장**

무슨 헛소릴 하고 있는 거야!

**모두들**

하찮은 쓸데없는 소리지!

**딸**

(시인에게.)

정말 인간들이 불쌍하군요!

**시인**

진정으로 하는 말이요?

**딸**

그럼요, 진정이죠!

**시인**

당신은 정통파적인 사고를 지닌 모든 사람들도 불쌍하다고 생
각하나요?

**딸**

아마 거의 모두를!

**시인**

당신은 네 명의 학장들에 대해서도 그렇게 생각하고 있어요?

**딸**

그럼요. 다른 사람들보다 더하면 더했지 덜하지 않아요!
단지 몸통 하나에 머리가 네 개 달려 있는 것 뿐이죠! 누가 저
괴물들을 창조했을까요?

**모두들**

그녀는 대답을 하지 못할 거야!

**대법원장**

우리 내기 할까요!

**딸**

이미 대답을 한 걸요!

**대법원장**

그것 봐요. 그녀가 대답을 하잖소!

**모두들**

그녀가 대답을 할지, 내기 할까요!

**딸**

대답을 하든, 않든 당신들은 항상 "내기 할까요!"라고 외칠 테니까요! --- 선지자여! 어서 와 주세요. 저는 — 이곳으로부터 아주 멀리멀리 떠나고 싶어요! — 그리고 당신께 수수께끼의 비밀을 말씀해 드릴 게요. — 그러나 저기 저 바깥 황무지에서는 그 아무도 우리들의 대화를 듣거나 볼 수 없어요! 왜냐면 ---

※

**변호사**

(앞으로 나와 딸을 껴안는다.)

당신의 의무를 잊은 거요?

**딸**

오, 하느님 맙소사, 천만예요! 제겐 더 높은 차원의 또 다른 의무가 있는 걸요!

**변호사**

당신 자식은 어쩔 작정이오?

**딸**

내 자식이라고 했나요? 그리고 또 무엇이 있는 거죠?

**변호사**

당신 자식이 당신을 찾고 있소!

**딸**

내 자식이 나를! 아아, 지금 내가 세속적인 것에 집착하고 있는 거야! ––– 이 고통, 이 번민 … 이것이 다 무엇이란 말인가?

**변호사**

당신은 정녕 그것이 무엇인지 모른단 말이요?

**딸**

모르겠어요!

**변호사**

바로 양심의 가책이란 것이지!

**딸**

양심의 가책이라 했나요?

**변호사**

그렇소! 그건 매번 소홀했던 의무에 대한 것과, 비록 그것이 아무런 죄가 없을지라도 언제나 향락을 추구한 후에 나타나는 현상이오! 만일 지금 불확실한 죄 없는 향락들이 있다고 가정해 봅시다. 항상 인간들은 자신이 고통을 겪은 뒤에는 가까이 있는 사람에게 해를 끼치기 마련이니까!

**딸**

그것에 대한 구제책이 없나요?

**변호사**

있지, 단 한 가지! 즉시 의무를 다하는 것이오. ---

**딸**

당신이 의무란 말을 언급할 때, 마치 악마처럼 보이는군요! — 그런데 나처럼, 모든 사람들이 꼭 해야만 할 의무가 둘씩이나 될 땐 어쩌죠?

**변호사**

그땐 하나를 먼저 한 후에 그 다음 것을 해야지 않겠소!

**딸**

난 가장 우선적인 것부터 할 거예요 … 그러니, 우리 자식을 돌보도록 하세요. 그럼 나는 내 의무를 수행토록 할 테니까 …

**변호사**

우리 애는 당신의 부재로 고통을 받고 있소 --- 당신은 한 인간이 당신 때문에 고통을 받고 있다는 것을 알기나 하오?

**딸**

지금 당신은 내 영혼의 평화를 약탈하고 있어요 … 그것이 두 갈래로 찢겨져 나가고 있는 걸요!

**변호사**

그것이 바로 삶의 불협화음이란 것이요! 알겠소?

**딸**

오! 가슴이 찢어지는 것만 같아요!

※

**시인**

당신은 내가 나의 사명을 다하며 슬픔과 황폐해진 삶으로 인해 얼마나 떨었는지 상상이나 할 수 있겠소? 사명이란 것을 잘 주

목하도록 해요. 말하자면 그것은 최상의 의무란 것이지, 당신은
더 이상 내 손을 잡고 싶지 않겠지만!

**딸**

무슨 뜻이죠?

**시인**

우리 아버진 외아들인 나에게 집안의 사업을 계승토록 모든 희
망을 걸으셨지만 … 나는 상경학부로부터 도망쳐 버렸으니까
… 그래서 아버진 슬픔으로 돌아가셨소. 우리 어머니는 내가 신
자가 되길 원했지… 그런데 나는 신자가 될 수 없었소 … 어머
닌 나와 의절을 해버리더군 …또 내가 생활고에 시달릴 때 나를
도와준 친구가 있었지… 그 친구는 내가 옹호하던 사람들이나
노래를 불러주던 사람들에게 마치 독재자처럼 행동하더군. 그
렇지만 나는 내 영혼을 구하기 위해, 내 친구이자 후원자인 그
를 꺾어버려야만 했지! 그 이후로 도저히 안정을 찾을 수가 없
더군. 사람들은 나를 몰염치한 인간쓰레기라고 불렀어. 그리고
"네가 한 짓이 옳아!"라고 내 양심이 나 자신에게 말했지만, 아
무 도움이 되지 않았소. 그건, 그다음 순간 내 양심이 또 말하길
"넌 옳지 않았어!"라고 말했기 때문이요! 이런 것이 바로 인생
살이란 말이요!

**딸**

나를 따라 황야로 가도록 해요!

**변호사**

우리 아이는?


**딸**

(그곳에 있는 모든 사람들을 암시한다.)


여기 내 자식들을 보세요! 하나하나 따로 보면, 모두 착한 애들이에요. 그러나 그 애들은 함께 있으면, 서로 싸우고 악마가 되어 버리잖아요! --- 그럼 안녕히!


막이 내린다.

성 밖; 극의 시작과 동일한 무대 장식. 성벽 아래의 땅 위엔 푸른 바곳 꽃들로 덮여있다. 성의 지붕 꼭대기에 있는 채광창으로 곧 꽃망울을 터트릴 것만 같은 국화꽃의 꽃봉오리가 보인다. 성의 창문은 양초로 불이 밝혀져 있다.

**딸**과 **시인**.


※


**딸**

이제 제가 불의 도움으로 에테르[77]로 올라가야 할 순간이 그리 멀지 않았어요 ⋯ 당신은 그것을 죽음이라 부르고, 그 죽음은 아마 당신을 공포로 몰아넣겠죠.

---

**77** Aιθηɒ: 그리스 신화에 나오는 하늘의 상층부를 의인화한 신으로 밝은 빛과 신들이 머무는 곳이기도 하다. 이곳의 빛은 땅과 가까운 하늘의 빛보다 훨씬 더 밝고, 그곳의 공기는 맑고 순수한 공기로 인간세계의 탁하고 오염된 공기에 대비된다.

**시인**

미지에 대한 공포가 아닐지! …

**딸**

단지 막연한 느낌일 뿐이겠죠!

**시인**

누가 그것을 알 수 있을까?

**딸**

모두겠죠! 왜 당신은 선지자들을 믿지 않나요?

**시인**

선지자들이란 항상 신임을 받지 못했지! 왜 그럴까? ― "주님에 대해 설명을 했건만, 도대체 인간들은 왜 그 분을 믿지 않는 것 같소?"[78] 그의 설득력은 저항할 수 없는 것이 분명하건만!

**딸**

당신은 언제나 그렇게 생각했었나요?

**시인**

아니요! … 그러나 여러 번 확신을 가지긴 가졌었지요! 그렇지

---

**78** 신약성경, 요한 복음서, 8:46; "너희 가운데 누가 나에게 죄가 있다고 입증할 수 있느냐? 내가 진리를 말하고 있다면, 너희는 어찌하여 나를 믿지 않느냐?"를 암시했다.

만 그다지 오래 가진 못했소 … 그것은 우리가 잠에서 깨어났을 때의 꿈처럼 사라져버렸으니까!

**딸**

인간으로 산다는 것은 쉽지 않은 일인 것 같아요!

**시인**

이제야, 그 사실을 깨닫고 인정하는 거요? ---

**딸**

그런 것 같아요!

**시인**

이것 봐요! 언젠가 창조주는 인간의 불평을 듣기 위해 자신의 독생자를 이곳에 보내지 않으셨던가?

**딸**

맞아요, 그랬어요! 그 분은 이 세상에서 어떻게 받아들여졌죠?

**시인**

단지 한 가지 의문에 답하기 위해 … 그 분은 자신의 소명을 어떻게 수행했던가요?

**딸**

나 역시 다른 질문을 통해 답할 수 있을 것 같아요 … 그 분이

이 땅에 오신 후에 세상이 변화되었나요? 사실대로 말해 주세요!

**시인**

변화되었냐고 물었소? ― 그렇기도 하겠지, 조금은! 아주 조금은! ⋯ 그건 그렇고 ⋯ 내게 그런 질문을 하는 대신, 수수께끼의 비밀이나 말해주지 않겠소?

**딸**

그러죠! 그런다고 무슨 소용이 있겠어요? 당신은 저를 믿지 않을 텐데!

**시인**

당신이 누군지 알기에 당신을 믿고 싶소!

**딸**

좋아요, 말하도록 하죠!

어느 날 아침, 세상의 만물 위에 태양이 빛나기도 전에 신성한 근원이신, 브라흐마는 자신을 마야의 유혹에 내맡겼어요. 이렇게 성스러운 요소와 세속적인 요소의 결합은 하늘의 멸망을 초래했죠. 따라서 이 세상, 삶, 그리고 인간들이란 오직 환영과 외형, 그리고 하나의 꿈에 지나지 않아요[79] ---

**시인**

나의 꿈!

**딸**

진실한 꿈! --- 세속적인 요소로부터 해방되기 위해, 브라흐마의 후예들은 상실과 고난을 찾아요 … 그러니 당신은 고난을 구원자로서 겪고 있는 것이죠 … 그러나 이 고난에 대한 열망은 삶을 향유하는 욕구나 사랑과는 정 반대랍니다 … 이제 당신은 사랑이 무엇인지 이해가 되나요? 엄청난 고난 속의 커다란 환희와 사무침 속의 감미로움이죠! 여자가 어떤 존재인지 이해할 수 있나요? 여자, 그 여자의 존재로 인해 우리 인생에 죄와 죽음이 존재하게 된 것은 알고 있겠죠?

**시인**

이해할 것 같소! --- 그럼 인생 종말의 목표는 어딜까요 …?

**딸**

그건 당신이 잘 알고 있잖아요! … 삶을 향유하는 아픔과 고통

---

**79** 다양한 형태의 힌두교는 몇 가지 공통된 특징을 지니고 있다: 우파니샤드에서는 세상은 진짜 집이 아니고, 잠시 머무는 곳이기에 환영(幻影)과도 같은 것이라고 한다. 이것을 마야(maya)라고 하는데, 우주의 본체이며 창조의 근원인 브라흐만이 만들어 놓은 그 물망이라고도 하고, 본래 존재하는 것이 아니라 사람의 마음에서 만들어 낸 것이라고도 한다. 쇼펜하우어는 마야 =표상, 브라흐마 =의지로 세상이 고통과 악에 차 있는 것은 인간세계가 의지이기 때문이고 의지는 곧 욕망이며 영원히 채워지지 않는 것이 욕망이고 인간의 소망이 실현되는 것은 꿈속에서나 있을 수 있다고 말했다. 쇼펜하우어는 브라흐만 교의 영향을 받았고 스트린드베리이는 쇼펜하우어의 영향을 받은 것을 감지할 수 있다.

끝에 얻는 즐거움 사이에서 투쟁을 … 속죄의 고뇌와 관능적 쾌락의 기쁨을 …

**시인**

다시 말해 투쟁이라고 했소?

**딸**

마치 불과 물이 합쳐져 증기를 발생하는 것과 같이, 강한 힘을 발휘하는 상반되는 것 사이의 투쟁과 같은 것이죠!

**시인**

그렇다면 평화란 어디에 있는 거요? 휴식은?

**딸**

침묵을 지키도록 하세요! 당신은 더 이상 질문을 하지 말아주세요. 저는 그것에 답할 권리가 없어요! --- 제단은 이미 제물을 위해 장식되어 있어요 --- 장식된 꽃들은 밤새 제단을 지키고 있고, 촛불은 주위를 환히 밝히고 있으며 … 창문엔 흰색 커튼이 드리워져 있고 … 솔잎 가지들은 통로에 뿌려져 있어요[80] …

**시인**

마치 당신에겐 고통이 전혀 없었다는 듯이 그런 말을 아무렇지 않게 평온하게 하는군!

---

**80** 당시 장례를 치르기까지 일반적으로 상갓집을 꾸며놓은 분위기.

**딸**

없었다고요? ⋯ 난 다른 사람보다 더 섬세한 감수성을 지녔기에 백배나 더한 고통을 겪은 걸요 ⋯

**시인**

그렇다면 당신의 슬픔을 말해 봐요!

**딸**

이것 봐요, 시인님. 진실을 담은 어떤 말 한마디도 없이, "당신의 슬픔"이라는 말을 하고 있군요. 언제 당신의 말이 단 한 번이라도 생각한대로 된 적이 있었나요?

**시인**

그렇소! 당신이 옳아요! 난 마치 농아처럼 나 자신에 갇혀 나만의 삶을 살았소. 그리고 군중들이 감탄을 하며 나의 시 낭송을 들을 때, 그곳에서 들려오는 소리는 오로지 고함소리 밖에 없었어. — 그래서 당신도 알고 있는지 모르겠소만 사람들이 내게 갈채를 보낼 때면, 항상 나는 수치감을 느꼈소!

**딸**

나에게서 뭘 기대하시는 거죠? 내 눈을 똑바로 쳐다보세요!

**시인**

당신의 눈빛을 견딜 수가 없구려 …


**딸**

만일 내가 하고 싶은 말을 다 한다면, 당신이 어떻게 그 말들을 견뎌 낼 수 있을지 모르겠군요! ---


**시인**

그렇더라도 말해 줘요. 당신이 지구를 떠나기 전에, 이 땅에서 당신이 가장 고통스러웠던 것이 무엇이었소?


**딸**

생존한다는 그 자체죠: 한쪽 눈의 시력이 약해짐을 느꼈고, 한쪽 귀의 청력도 떨어졌고, 그리고 나의 생각, 나의 경쾌하고 투명한 생각들은 교묘하게 만들어 놓은 미궁 속으로 빠져 들어가 버리고 말았어요. 분명히 당신은 … 구불구불 … 돌기가 있는 … 복잡한 뇌의 구조를 보았을 거예요 …


**시인**

그렇소. 그래서 모든 정통파적 사고를 지닌 사람들 생각이 바르지 못하다는 거요!


**딸**

사악해요, 항상 너무나 사악하더군요. 당신들 모두가! ---

**시인**

그럼 어쩌면 좋겠소?


**딸**

이제 저는 이 자리를 박차고 일어나 떠나고 싶어요 ⋯ 그래서
이 지구를 ⋯ 이 진흙탕을 떠날 거예요 ⋯


(그녀는 자신의 구두를 벗어 불 위에 올려놓는다.)


※


**문지기 여인**

(들어온다. 자신의 쇼올을 불 위에 올려놓는다.)


아마 나 역시 이 쇼올을 같은 불에 태워버리는 것이 좋겠지?


(퇴장.)

**장교**

(등장.)


나의 장미꽃엔 가시만 남았군!

(퇴장.)

## 광고업자

(등장.)

포스터를 없애버릴 거야. 하지만 내 채그물만은 절대로 안 되지!

(퇴장.)

## 유리 장수

(등장.)

다이아몬드 칼? 바로 이것이 문을 열었지! 이젠 안녕!

(퇴장.)

## 변호사

(등장.)

큰 소송에 관한 이 서류들은 끝도 없는 논쟁의 질의였던 교황의 수염 혹은 물이 마르지 않는 갠지스 강의 원천과 같았어[81] –

(퇴장.)

**검역소 소장**

(등장.)

나의 의지와는 상반되게 나를 무어 사람으로 만들었던 이 까만 마스크는 작은 공헌의 일부였던 거야!

(퇴장.)

**빅토리아**

(등장.)

나의 미모, 나의 슬픔!

(퇴장.)

**에디트**

(등장.)

나의 못생긴 얼굴, 나의 슬픔!

(퇴장.)

---

**81** 끝도 없는 힘든 소송을 뜻하는 것을 교황님의 수염에 비유했다. 왜냐면 1700년 이후에는 교황님이 수염을 기르지 않게 되었다. 하여 '교황님이 수염을 길러야 한다 혹은 아니다.' 라는 아무 효과도 없는 수많은 논쟁을 마르지 않는 갠지스 강에 비유한 속담.

**장님**

(등장, 불에 손을 넣는다.)

내 눈을 위해 손을 바치겠어!

(퇴장.)

(돈 후안이 휠체어를 타고 들어오고 그 뒤를 이어 교태를 부리는 여자와 그녀의 남자 친구가 뒤따른다.)

**돈 후안**

서둘러! 서두르자고! 인생은 짧은 거야!

(다른 사람들과 함께 퇴장한다.)

※

**시인**

인생의 마지막 순간이 다가왔을 때, 내 운명의 몫을 읽을 수 있었어. 지난 과거의 모든 일들과 다른 많은 것들이 단 하나의 행렬 속에서 급히 지나가 버렸더군 … 소위 이런 것이 마지막이란 말인가?

**딸**

맞아요! … 바로 그것이 나의 인생이었으니까요! 안녕!

**시인**

다시 만나자고 말해 줘요!

**딸**

아뇨! 그럴 수 없어요! 당신의 언어가 우리 인간들의 생각을 대변해 주고 있다고 생각하세요?


※


**신학대 학장**

(격노해서 들어온다.)


나는 신으로부터 거부당했소, 게다가 인간으로부터 박해를 당하기도 했어요. 모두로부터 버림받고, 게다가 공직의 동료들로부터도 조소를 받았죠! 다른 사람들이 믿지 않는 이 마당에 내가 나를 어떻게 믿을 수가 있겠소 … 자신의 자녀들을 지켜주지 않는 신의 존재를 내가 어떻게 지키겠어요? 그건 넌센스에 불과한 거야!

(책 한 권을 불에 던져 넣고 나간다.)

※

**시인**

(불 속에서 책을 집어든다.)

이게 뭔지 알아요? — 이건 순교사요; 순교자의 금년도 시간표
란 말이요!

**딸**

순교자라고 했나요?

**시인**

그렇소! 자신의 신앙을 지키기 위해 고통을 받고 죽음을 당한
자죠! 왜 그래야만 했는지 말해 줄 수 있겠소!

**딸**

당신은 고통을 당한 모든 사람들이 괴로워하고, 또 죽음을 당한
자들과 함께 아픔을 느낀다고 생각하나요?

※

**크리스틴**

(두루마리 종이뭉치를 들고 들어온다.)

종이로 틈새를 붙여요. 더 이상 붙일 것이 없을 때까지 종이로 틈새를 붙일 거예요 …

**시인**

만약 하늘 자체가 갈라져 있다면, 그래도 당신은 그것을 메우려고 종이를 붙일는지 … 어서 떠나는 것이 좋을 것 같소!

**크리스틴**

이 성 안엔 이중으로 된 창문이 없나요?

**시인**

없어요! 이것 봐요, 이곳엔 그런 건 없단 말이요!

**크리스틴**

(퇴장.)

그럼, 난 가봐야지!

※

**딸**

우리에게 작별의 시간이 다가오며

마지막 순간이 가까워오고 있어요;

안녕, 몽상가인 인간의 자손들이여

시인이여, 삶을 가장 잘 이해하는 당신은

진흙탕에 빠지지 않고 가볍게 스쳐가기 위해

당신의 날개를 펼쳐 지구를 비행하며

가끔은 진흙탕 속으로 강하하기도 하겠죠!

……………

이제 저는 떠나야 해요 … 작별의 이 순간

사랑하는 친구들, 그리고 정든 곳을 떠날 때

사랑했던 것을 잃는 슬픔이 어떻게 밀려오지 않겠어요.

게다가 진실에서 벗어났던 것에 대한 회한까지도 …

오! 지금 모든 삶의 고통이 느껴져요!

그래요, 그와 같이 삶이 고통스럽기만 한 것이 인간이니까 …

소중하지 않았던 사람들까지도 그리워지겠죠.

인연을 끊지 못한 사람들에 대한 후회도 하겠죠 …

누구나 떠나고 싶을 거예요.

또 누구나 남고 싶기도 하겠죠 …

이토록 가슴이 찢어지는 듯 아플 수가

대립과 우유부단, 그리고 부조화로 인하여 …

감정이란 감정은 모두 사라져버렸어요.

안녕! 제가 그들을 기억할 것이라는 인사를

당신의 형제들에게 전해주세요.

지금 저는 천상으로 돌아가요, 그래서 당신의 이름으로

인간들의 불평을 최고의 왕좌까지 전달할 거예요. 안녕!
인간들이 너무나 불쌍하기에!
안녕!

(그녀가 성 안으로 들어가자 음악이 들려온다! 화염에 싸인 성에서 타오르는 불꽃으로 무대는 환하게 밝아있고, 벽의 한 면 가득히 의혹에 젖어 슬퍼하는, 절망적인 인간들의 얼굴로 가득 차 있다 … 불타고 있는 성의 지붕 위의 채광창으로부터 거대한 국화꽃 꽃봉오리 한 송이가 활짝 피어 난다.)


끝.

# 부록

- 요한 아우구스트 스트린드베리이의 삶과 작품세계, 그리고 세계관
- 작품배경과 해설
- 아우구스트 스트린드베리이 작품 연보
- 역자 소개

# 요한 아우구스트 스트린드베리이의 삶과 작품세계, 그리고 세계관

**단** 하루도 글을 쓰지 않고는 살 수 없었다는 스웨덴이 낳은 세계적인 천재 극작가, 요한 아우구스트 스트린드베리이(Johan August Strindberg, 1849-1912).

'현대 연극의 아버지', '여성 혐오자', '스웨덴의 깃발', '북구의 Zola', '희생양', '민중의 대변자', '투쟁하는 뇌조'. '민중이 수여한 Anti-Novel상 수상자', '폴 고갱(Paul Gauguin, 1848-1903)의 쌍둥이 형제', '천재', '미치광이'…

이와 같은 다양한 수식어는 다재다능하고 호기심 많은 그의 성격과 천재성, 또한 그가 특출한 영혼의 소유자임을 대변하는 동시에, 투쟁적인 작가의 인생 행로를 충분히 암시해 주고 있다.

그가 작가의 일생 동안 몸 담아 일했던 직업들을 살펴보면, 배우, 연출가, 극작가, 소설가, 시인, 교사, 기자, 사진기자, 왕립도서관 서기, 화가 및 미술 평론가, 칼럼니스트, 사회비평가, 사상가, 과학자, 언어 연구가, 의학도로서 그의 높은 지적 수준과 정신적 방황을 감지할 수 있다. 게다가 조각, 사진, 음악, 화학, 물리, 해부학, 천문학, 식물학, 원예, 중국어, 심리학, 철학, 정신의학, 사회학, 그리고 다양한 종교적 세계를 답습한 파란만장한 그의 삶을 가늠해 볼 수도 있다. 그는 이 모든 분야에 있어 진실을 찾으려 논쟁하며 지속적으로 고독한 투쟁을 해 나가는 동안 많은 갈등과 고뇌를 겪어야만 했다. 분명한 것은 이토록 다양한 영역에 단지 건성으로 관심을 보였다는 것이 아니라는 점을 지적하고 싶다.

몇 가지 예를 들자면, 화가로서의 자취는 빠리의 폴 고갱(Paul Gauguin)의 아뜰리에서 찾아볼 수 있고, 당시 스트린드베리이의 감성을 잘 나타내 주고 있는 그의 회화는 현재 스웨덴의 「노르디스카 박물관(Nordiska Museum)」, 「빠리의 오르세이 박물관(Musée d'Orsay)」 등에 전시되어 있으며, 에드바르드 뭉크(Edvard Munch, 1863-1944)와 함께 보수적인 독일 미술계에 스캔들을 일으키기도 했다.

후일, 두 사람은 보수적 성향이 짙은 독일 예술계에 표현주의의 선구자 역할을 하게 되지만, 1892년, 당시 독일 예술계에 있어서 표현주의와 자연주의 성향은 아방가르드적이었던 시대였다.

그가 예술가로써 지닌 또 하나의 특징은 음악성으로, 음악을 인간의 영혼과 결부시켜 작품 속에서 고차원적으로 소화해냈다. 또한 식물학의 학술적 이론의 정리, 빠리 망명 시절 「소르본 대학(l' Université de la Sorbonne)」 실험실에서 유황에 관한 화학반응을 발견하여 세상을 떠들썩하게 만들었을 뿐만 아니라, 독일의 기업체로부터 거액의 사업제안을 받기도 했으나 학문을 위한 학문을 돈에 팔 수 없다며 거절했다. 게다가 당시 도덕적 불감증에 빠져있던 권력층의 구조를 신랄하게 비판하며 공격했고, 치부와 비리를 들춰 내는 과정을 통해 지배층의 부패와 도덕성 상실과 몰락 등에 민감한 반응을 보였다. 또한 왕정 스웨덴 정부에 정면 충돌하여 스웨덴 국왕과의 법정 투쟁에서 승리를 거두기도 한 그는 불의와 타협하지 않는 투쟁적인 인물이었다.

결국 조국 스웨덴을 등지고 프랑스, 스위스, 독일, 벨기에, 오스트리아 등지에서 6년 동안 스스로 택한 망명생활을 하며 겪었던 시련들,

알프레드 노벨(Alfred Novel, 1833-1896)의 다이나마이트 발명과 상업성, 그리고 인간에게 끼칠 유해성 등을 들어 그를 비판하여 노벨의 노여움을 샀고, 스트린드베리이와 같은 성향의 작가에게는 노벨상을 금지한다는 노벨의 유언과 함께 노벨상은 1909년, 예정과 달리 셀마 라게르뢰프(Selma Lagerlöf, 1858-1940)에게로 돌아갔다.

그의 지난 발자취를 살펴보면 마치 태풍이 지나간 듯한 여운을 남긴다. 그에게 있어 이미 소년기에 형성되어 잠재적인 현상으로 나타났던 애정결핍, 열등의식, 가족에 대한 강박관념이 그를 정신파탄의 경지까지 몰아갔는지도 모른다.

비극 《미스 쥴리(Fröken Julie)》의 서문에서 피력했듯이 투쟁은 그의 생애에서 뗄 수 없는 것으로, 작품들을 통해 그가 투쟁 안에서 삶의 존재 가치를 부여할 수 있었으리라는 것을 짐작할 수 있다. 그는 누구도 필적할 수 없는 지칠 줄 모르는 열정과 불굴의 의지로 일생을 투쟁하며 혁명적인 삶을 살았다.

'현대연극의 아버지'란 호칭과 함께 스트린드베리이는 자연과 세계를 바라보는 남다른 시각으로 새로운 극의 기법과 무대의 혁신을 실행했고, 자신이 창립한 실험극단, 「인팀마 테아테른(Intima Teatern, 1907-1910)」에서 자연주의 희곡을 통해 새로운 이미지로 현대 연극계에 지대한 영향을 미쳤다. 그것은 현실의 내밀한 구조와 인간 내부에 잠재해 있는 본성을 일시에 포착하는 마술적 힘으로 새롭게 창조된 무대를 통해 삶의 실체를 함축성 있게 관통해 보이는 힘을 발휘했기 때문이다. 흔히 그의 작품 세계와 삶에 확실한 획일점을 그어 구별한다는 것은 불가능한 일이라고 말해지듯, 그의 인생 여정은 작중 인물을 통해 재생산 되었음을 감지할 수 있다.

스트린드베리이의 생의 전환점을 구분 짓는다면 유년기, 소년기의 성장 배경, 반항과 고뇌에 찬 청년기의 대학생활과 문학활동, 성공과 실패를 거듭하며 분신과 같은 작품들을 탄생시키는 과정, 시리 본 에쎈(Siri von Essen)과의 첫 번째 결혼, 작가로서의 명성과 좌절, 신성 모독 죄로 인한 〈이프타스 프로쎄센(Giftas-processen)〉, 30대의 자의적 망명생활과 이혼, 40대의 오스트리아 출신 저널리스트, 프리다 울(Frida Uhl)과 재혼, 오스트리아로 옮겨 가, 딸 셔스틴(Kertin)을 낳은 후, 두 번째의 재혼과 이혼을 거듭한 후 〈인페르노 위기(Inferno kris)〉가 시작되었다.

지금까지 수수께끼로 남아있는 정신적 병마인 빠리에서의 〈인페르노 위기(Inferno kris)〉, 50대의 귀향과 수십편의 희곡과 작품활동, 하리에 부쎄 (Harriet Bosse)와의 3번 째 결혼과 파경, 60대의 작품활동과 새로운 사랑의 고배와 60세 생일에 주어진 스웨덴 국민이 선택한 〈민중이 수여한 Anti-Novel〉상 수상, 1912년 5월 14일, 현재 〈스트린드베리이 박물관〉으로 보존 되어있는 〈블로 토-넬(Blå tornet)〉에서 위암으로 생을 마감했다.

그는 자신의 성장과정과 인생을 진솔하게 자서전적 저서와 일기, 1857-1912 사이에 당시 영향력 있는 지식인, 브란드(Georg Brandes, 1842-1927), 졸라(Émile Zola, 1840-1902), 니체(Friedrich Nietzsche, 1844-1900)를 비롯하여 600명 이상의 수취인에게 보냈던 약 10,000통의 편지(현재 보존되어 있는 서신으로, 22권의 서간집으로 출판되었음) 등에서 토로하고 있다. 그 수많은 자료들은 그의 성격에 내재되어 있는 정신적 불안이 그를 인생의 위기에 봉착하게 했고, 또한 끝없는 배움과 사랑의 갈증 속에서 영위한 고독한 삶을 독자들로 하여금 상상케 한다. 그는 끓임 없는 권력과의 투쟁, 즉 개인과 사회 혹은 상류층과 서민층, 여성과 남성, 신과 인간 사이의 투쟁을 지칠 줄 모르고 지속해 나가며, 느끼고 체험한 모든 것은 그의 창작세계 속의 자서전적 작품, 장편소설, 단편소설, 시, 에세이, 희곡, 역사, 문화사의 원동력이 되었다. 총 120권에 달하는 작품 가운데는 60편의 희곡이 포함되어 있다.

지금까지 수많은 연구가들에 의해 그의 삶과 작품세계는 연구되어졌고, 거듭 연구되어지고 있지만, 그의 정신세계를 헤아리기란 불가능한 것인지 빠져들면 들수록 호기심을 자극하며 다양한 분야에 많은 의문점을 남기고 있다.

지금까지 미스테리 속에 남아 있는 스트린드베리이라는 존재는 과연 어떤 인물일까?

2012년은 그의 탄생 163주년, 그가 영면한 100주년이란 세월을 거슬러 올라 스웨덴을 대표하는 작가, 스웨덴 희곡을 세계적인 수준으로 끌어올린 스트린드베리이의 진면모를 부분적이나마 만나보는 다양한 기회를 서울에서 기획하며 마련해 보기도 했다.

먼저 스트린드베리이의 작품세계를 이해하기 위해서는 빠뜨릴 수 없는 그의 성장 배경과 인생 여로에 점철된 삶을 정리해 보기로 하자.


## 유년기와 소년기

1848년, 불란서 혁명이 발발한 이듬해인 1849년 1월 22일, 스웨덴의 수도 스톡홀름에서 지명도 높은 부르주아 가정에서 태어나 7남매 중 3남으로 성장했다. 그의 아버지 카알 오스카르 스트린드베리이(Carl Oscar Strindberg, 1811-1883)는 독일계 귀족 출신의 혈통을 받은 선박 대행업자였던 반면, 그의 어머니 울리카 엘레오노라 노을링(Ulrika Eleonora Norling, 1823-1862)은 가난한 재봉사의 딸로 태어났다. 그녀는 릴예홀멘스 베르드스휴스(Liljeholmens Vårdshus)의 식당 종업원으로 일할 당시 오스카르 스트린드베리이를 만나 결혼 전에 두 아들, 악셀(Axel, 1845-1927)과 오스카르(Oscar, 1847-1924)를 낳았다.

유년시절, 3남인 스트린드베리이는 자신은 부모가 원치 않았던 축복받지 못한 자식이었다는 상상으로 강박관념과 열등의식에 늘 사로잡혀 있었다. 루터교 경건파(Pietism)[1]의 독실한 신자였던 어머니의 신앙심은 스트린드베리이의 전 인생에 영향을 미쳤고, 프롤레타리아 출신의 어머니를 강조하며 자서전적 소설의 타이틀을 기꺼이 《하녀의 아들(Tjänstekvinnans Son)》이라 명명했다. 권위적이고 냉정한 아버지, 육체적, 정신적으로 연약하기만 했던 어머니로 인해 양지바른 소년시절을 느껴보지 못한 그는 모성애에 대한 갈망과 집착으로 평생을 애정결핍증과 〈오이디푸스 컴플렉스〉에서 벗어나지 못했다.

열세 살의 요한을 남겨두고 어머니는 세상을 떠났고, 그의 어두웠던 성격은 더욱 침울해져 거의 우울증에 빠졌다. 부친에 대한 적개심과 어머니의 사랑에 대한 갈증을 어린 요한은 당시 유행했던 엄격한 교리중심의 루터 경건파(Pietism)에서 해소하려 했고, 경건주의자로서 그 종교에 심취한 도덕관과 과장된 죄의식은 스트린드베리이의 인

---

1 마르틴 루터(Martin Luther, 1483-1546)파의 일종으로 17세기 말의 독일 경건파.

격 형성에 절대적인 영향을 미치게 된 것을 부정할 수 없다. 그러나 후일 그의 죽음과 같은 고뇌의 투쟁이었던 〈인페르노 위기(Inferno Kris)〉에 처해 있을 동안, 청소년기의 절대적 종교였던 '파이어티즘'에 대한 골수적인 신앙심은 탈바꿈을 하게 된다. 다시 말해 신을 거부하고 가정환경에서 유발되는 강박감에 반항하며 결혼이란 굴레와 광적인 신앙심에서 벗어난다.

소년 요한은 과묵하고 침울한 성격에 내성적이었고 몽상가로, 현실 세계보다 자신이 구축한 공상적 세계에서 안주할 수 있었다. 그때부터 이미 사회계급 의식에 대한 민감한 반응을 강하게 나타냈다. 머리 회전이 빠르고 상상력이 풍부한 그는 소년시절부터 다혈질이며 반발심이 강하고 과민한 성격으로 불의에 민감했으며 쉽게 상처를 받거나 감상에 빠지는 소년이었다.

요한은 자신의 소년시절을 "마치 청소년 감화원에서 보낸 악몽과 같은 시절이었다"고 피력하기도 했다. 불행 중 다행으로 집안엔 다양하고 폭넓은 장서를 갖춘 가문의 서가 덕분에 광범위한 독서를 즐길 수 있었기에 풍부하고 다채로운 분야의 문학과 예술세계를 접할 수 있는 기회를 가질 수 있었다. 게다가 문학, 미술, 음악 분야에 높은 관심도를 보였던 집안 분위기로 인해 문학과 예술세계를 자연스럽게 접하며 자신만의 세계를 구축해 나갈 수 있었다. 그는 어머니의 사망 후 고독 속에서 피아노를 배웠고, 13세에는 뎃상을 배우기 시작하기도 했다.

특히 스트린드베리이의 작품 속에 등장하는 수많은 클래식 음악의 비중을 미루어 보아 음악적 가정환경에서 성장한 그를 충분히 짐작할 수 있다. 지칠 줄 모르고 끊임없이 새로운 것에 대한 동경과 배움에 대한 충동은 광적이었고, 이와 같은 편집광적인 기질은 특출한 영혼의 성장에 적절한 영양을 공급했으며, 예민하고 호기심 많은 성품은 조숙한 인생관을 구축해 나가는 기초적 바탕이 되었다. 그는 자신의 소년기를 마치 고통받는 순교자처럼 표현하기도 했고, 대인 기피증세를 보이며 자서전적 소설 《하녀의 아들》에서 억압 당하고 편협하며 침울한 어두운 색채로 자신의 인생을 그려내어 가혹한 운명 속으로 끌어 넣었다. 어린 요한의 성격은 후일 투쟁적인 인생 태도에 비해 열정적이며 감성이 극히 발달한 성인이 된 그의 특이한 면모에서도 발견할 수 있다. 특별히 감수성이 지나치게 예민한 소년기에 형성된 그의 복잡미묘한 성격은 죽음을 맞을 때까지 거의 변함이 없었음을 많은 작품 속에서 재발견 할 수 있다.

## 청년기

청년기로 접어들며 스트린드베리이의 인생행로는 좀 더 분명한 형태의 삶을 창조해 나간다. 그는 생을 통해 포교자, 선각자, 진실의 사도 역할을 추구했고, 되풀이되는 좌절의 고통속에서 생계 유지와 실존을 위한 격렬한 투쟁을 지속했다. 그 가운데 이 지상의 삶을 사랑하고 철저하게 생을 헤쳐나가는 모습과 삶의 괴로움을 망각시켜 주는 예술가의 열정적인 인생이 시작된다.

그의 청년기는 현대인의 특징인 모순의 존재로서, 내면의 고뇌에 찬 삶을 중심으로 해부되고 있다. 당시대의 혼란함과 가치결핍을 단적으로 고지시켜 주는 전형적인 인물로 문단에 등장하여 사회적, 예술적, 과학적, 신비적, 철학적, 종교적 색채를 담은 인간의 내면 세계를 폭로하며 다채롭고 폭넓게 다루어 나갔다. 동시에 내적 갈등을 극적인 의식에서 포착, 제시하며 격렬하고 허무적이며 냉엄한 투시에 의한 객관적인 삶의 모습을 보여주기도 했다.

1860년대 청년 스트린드베리이는 웁살라(Uppsala) 대학 문학부에 진학했으나, 그곳에서조차 동경했던 학문의 자유와 목마름을 채울 수 없었고, 충만함을 안겨줄 곳이 아니라는 판단에 이른 그에게 닥친 경제적 난관으로 인해 학업을 중단해야만 했다. 그런 후, 몇 해 동안 교육자, 의학, 연극, 신문 잡지 등 다양한 분야에 투신하기도 했다.

1868년 의사란 직업에 매력을 느끼고 새로운 세계에 도전하며 그에게 새로운 삶의 장이 다시 열렸다. 공대에 속한 실험실습 연구소인 〈테크놀로기스카 인스티튜텔(Teknologiska Institutet)〉에서 만족한 생활을 영위했으나 화학실험에 낙제하자 의학도의 길 역시 포기한 그는 굴하지 않고 〈스톡홀름 왕립극장(Kungliga Dramaten)〉 소속의 연극배우 지망생으로 연기수업을 받았다.

그 후 작은 배역들이 그에게 주어졌지만, 성격적으로 배우로서 적절하지 못한 점이 많았다. 내성적이며 말이 없고 신경질적이었으며 가끔씩 말을 더듬고 목소리는 겁에 질린 듯 했다. 분명 그는 자신이 창조해 낸 세계를 글로써 표현해 내는 극작가의 소양을 더 지니고 있다는 점을 알고 있었기에 결국 자신이 동경하는 세계를 글로써 창조해 나갈 것을 결심했다.

이미 21세에 극작가로서의 천재성을 인정받은 그는 근본적으로 혁명가적 기질이 있었고 당 시대의 정신과 사회의 운명을 피력했으며 작품 구성에 담겨 있는 풍부한 잠재력 개방을 통해 마음의 문을 열고 작품활동에 임했다. 그는 창조적 세계 안에서 자신이 해 내야만 할 역할에 대한 확고한 신념을 갖고 있었다. 작가 초년생인 청년 스트린드베리이는 자신이 처한 세계와는 다른 세계를 모호하게 동경하면서, 그 세계를 창조해 내려고 노력했다. 그가 서정적 자아의 주관을 끊임 없이 객관적 투시로 재조명해 나가며 발전된 모습으로 활약하는 가운 데 변모해 나가는 것을 발견할 수 있다.

위대한 인물들의 사상적 영향을 받았던 세대에 속한 그는 폭넓은 독서를 통해 그들의 사상에 심취되어 그들에게서 자신의 이상을 발견 하곤 했다. 그것은 그가 문예창작뿐만 아니라, 자신의 충족할 수 없는 호기심을 자극하는 모든 영역의 쟝르와 실존의 문제에 깊은 관심을 가졌다는 뜻이기도 하다. 그의 사상을 형성하는데 가장 큰 영향을 미 친 사상가는 특히, 써렌 킬케고르(Søren Kierkegaard, 1813-1855), 에마누엘 스뵈덴보리이(Emanuel Swedenborg, 1688-1772), 아르 투르 쇼펜하우어(Arthur Schopenhauer, 1788-1760), 에두아르트 본 하트만(Eduard von Hartmann, 1842-1906), 프레드리히 니체 (Friedrich Nieztsche, 1844-1900)였다.

물론 그들의 이론을 그대로 수용하지 않고 실증적인 방법으로 체 계화하여 자신의 사상으로 재창조해 나갔다.

드디어 그의 첫번째 희곡인 2막 형식의 《본명축일의 선물(En namnsdagsgåva, 1969)》은 그에게 있어 성공이란 궁극적인 승리가 아니며, 실패 또한 마지막이 아니란 것을 말해주고 있다. 자신이 추구 하는 분명한 형태의 인생길을 찾아가며 살고 싶었던 그는 그 시대의 이상주의적 경향을 수용하며 같은 해 《자유사상가(Fritänkare, 1869)》 탈고에 뒤이어 한 달 후, 《멸망하는 희랍(Det sjunkande Hellas, 1869)》을 세상에 내어 놓았으나 왕립극장에 보내어진 그 대본은 거절당했으나 그에 포기하지 않고 재 작업하여 《헤르미온 (Hermione, 1870)》이란 제목으로 한림원으로 보내졌고, 그곳에서 좋은 평판을 얻을 수 있었다. 같은 해 《로마에서(I Rome, 1870)》를 발표하여 스톡홀름 왕립극장에서 대성공적으로 초연되었고, 신문지상에서는 21세의 청년 극작가를 극찬했다. 그러나 뛰는 가슴을 억제하며 관람하던 극작가 초년생의 반응은 부정적이었고 막이 내려지기 전, 수치심으로 자리를 박차고 뛰쳐나간 그는 〈노르스트룀(Norström)〉강을 향해 달려갔다. 저지 당한 그는 강물 속에 뛰어들지 못했고 그에겐 벌금 청구서만 날아들었다는 에피소드를 남기고 있다. 그 이듬해, 역사적 비극, 《헤르미온(Hermione, 1870)》이 공연되어 극작가로서의 성공적인 출발이 시작되었다.

그러나 그의 비정한 아버지는 관심조차 보이지 않았지만, 오히려 그를 적대시하던 계모는 그의 재능에 경탄을 금치 않았다고 한다.

연이어 고대 〈아이스랜드(Island)〉를 배경으로 엄한 아버지에 대항하는 내용의 단막극 《배척된 자(Den Fredlöse, 1871)》가 완성되어 바로 무대에 올려졌다.

1870년, 왕립극장에서 그의 첫 희곡이 무대에 올려지고, 그 다음 해에 《배척된 자》를 지켜본 국왕 카알 15세(Karl XV)로부터 장학금을 받아 웁살라(Uppsala) 대학에서 문학공부를 계속할 수 있었으나, 대학 강의보다 자신의 내부에서 일고 있는 다른 목소리에 마음을 더 빼앗기고 있었다. 이 시기에 특별히 북구신화에 커다란 관심을 쏟았다. 스트린드베리이는 풍자의 신 〈프뢰(Frö)〉를 필명으로 활동하며 아이스란드(Island)의 중세소설 《사가(Saga)》를 즐겨 읽었고, 소년시절부터 익혀온 성경 또한 그의 상상력과 언어 구사력을 위한 신화적 시(詩)

창작에 많은 영향력을 발휘했다.

실제로 그의 대학시절은 학업보다 생생한 삶의 체험이 더 큰 비중을 차지했고, 또다시 학기 중도에 학업을 포기하고 말았다. 심연의 가장자리를 방황하며 주변의 모든 문제에 정면으로 도전하길 원했던 그는, '그러므로 실존한다'고 생각했고 내적 실존은 자기 실현이고 또 일종의 자연스런 자유행위라고 여겼다. 이때 스트린드베리이는 실존철학의 아버지라 불리는 써렌 킬케고르와의 극적인 정신적 만남이 이루어졌고, 그의 사상 속에서 자신의 고독한 존재의 실재성을 발견한 후, 그로부터 받은 영향은 지대하다.

이웃나라 덴마크의 사상가는 자신의 상처를 통해 불안과 절망 속에서 고뇌하는 근대적 인간의 모습을 적나라하게 파헤쳤다. '실존'이라는 개체의 절실한 영혼의 문제를 폭로하며 고투의 역사를 살아온 실존철학 신학자 킬케고르의 사상은 스트린드베리이의 일생을 통해 감동과 경악을 주었음은 물론 그의 삶을 인도했다.

킬케고르의 사상에 심취한 그는 절대자유주의의 이상을 인간의 내적인 세계에 반영시키려 시도했다. '자유란 우선 자기자신의 쟁취다.'라는 생각은 그에게 있어 명백한 원리로 자리잡고 있다. 자유 가운데서 그는 비극의 근본적인 동기를 찾아내고 있었던 것이다.


22세의 초년 극작가가 세상에 내어놓은 다섯 희곡 중 세 작품이 무대에 올려졌다는 것은 이미 그의 유망한 장래를 시사하고 있는 것이었다. 그러나 지금도 스웨덴 고전극의 걸작으로 꼽히는 신화적 성격을 띠고 있는 〈울로프 선생(Mäster Olof, 1872)〉은 23세의 스트린드베리이가 혼신을 다하여 두 달만에 탄생시킨 역사극이다. 불행이도 시대를 초월한 독창성이 뛰어난 역사극은 왕립극장 측으로부터 거절

당했다. 자신의 분신과 같은 이 대작에 많은 기대와 희망을 가졌던 그는 거의 미칠 지경에 이르렀고 인간 세상으로부터 멀어지고 싶다는 고백을 했다. 또한 바보나 이기주의자, 권력자, 부자들이 이 세상에서 성공적인 삶을 살고 있기에 자신은 그들을 위한 광대짓은 하지 않겠다며 절규했다.

그는 사극에 연극의 기존 규칙을 배제하고 처음으로 당 시대에 통용되던 생동감 있는 현대어를 대사에 도입했다. 극중에서 배우들은 그 당시, 스톡홀름에서 사용하던 언어를 사용했다. 놀라운 것은 145년 전에 쓴 작품 속의 역사적 인물에 대해 작가는 전혀 경건한 마음을 표하지 않았다는 것이 현재를 살아가는 우리의 시각에도 이상하게 비춰진다.

세상을 놀라게 만든 이 작품이 왜 10년 동안 스톡홀름 왕립극장으로부터 거절 당한 채 사장되어 있어야만 했던가는 충분히 짐작을 할 수 있다. 5막으로 구성된 이 희곡은 전통적 극 언어가 아닌, 획기적인 일상적 언어를 사용한 문체일 뿐만 아니라 인물묘사에 있어서도 퍽 도전적이며 당시 한창 열기를 띠며 제기되고 있던 문제점들이 다루어지고 있다. 빠리에서 전쟁과 기아가 불러일으킨 〈라 꼬뮨(La commune)〉의 혁명적 분위기가 반영되어지고 있고, 작중 인물을 통해 그 시대의 여성해방 문제의 화두에 논란을 불러일으키기도 한다. 게다가 극중에서 배역에 맞지 않는 언행들, 민중들이 마음대로 내뱉는 은어들, 인쇄업자가 국가의 영웅인 왕족에 대한 격렬한 비난과 폭로에 경악을 금치 못한다. 그는 잘못된 역사적 사실에 대하여 가차없이 지적하여 보여줌으로써 새로운 시대가 열려오고 있음을 시사했다.

이 작품이 지니고 있는 천부적인 독창성이 발견되자, "역사를 존중하지 않는다"는 이유로 왕립극장이 공식적으로 거절한 이래 굴욕의 10

년 세월을 보낸 1881년, 드디어 초연의 무대를 마련할 수 있게 되었다. 《울로프 선생》은 전통적 연극의 형식을 따른 드라마였지만, 심미적 관점에서 볼 때, 가장 근대적 이상을 지닌 새로운 쟝르의 극이다.

1875년, 세인들이 위대한 사랑이라고 불렀던 첫 번째 부인 시리 본 에쎈(Siri von Essen, 1850-1912)과의 극적인 만남이 이루어진다. 만남과 기다림, 그리고 탐색의 연속 끝에 2년 후 배우에 꿈을 실은 시리와의 결혼생활을 통하여 체험한 격정적인 사랑과 증오, 갈등을 스트린드베리이는 전 생애를 통해 그의 작품에 담았다. 하여, 많은 화제를 불러일으켰던 두 사람의 결혼에 대한 지식 없이는 그의 희곡들을 심층적으로 이해한다는 것은 불가능한 일이다.

핀란드-스웨덴 출신의 남작부인 시리 본 랑겔(Siri von Wrangel), 연극배우가 되는 것을 최상의 꿈으로 간직하고 살아가는 그녀 앞에 유망한 청년작가 스트린드베리이가 돌연히 나타나, 그녀에게 집요하게 접근했다. 시리는 그와의 결합을 위해 명예와 부, 귀족의 신분까지 모든 것을 다 버렸다. 게다가 당시 이혼녀에 대한 사회적 냉소까지 감수하며 두 사람은 결합했던 것이다. 그녀가 제출한 남작 랑겔과의 이혼 청구서의 사유는 단순히 '연극배우 지망'이었다. 그녀의 목적은 오직 배우가 되는 것이었기에 그녀는 청년 극작가와의 삶에서는 자신의 꿈을 이룰 수 있다고 확신하고 있었다. 그녀가 자신의 삶을 살기 위해 부귀영화를 버리고 자신에게 배우의 길을 열어줄 극작가를 선택한 것은 그녀에게 있어 필연적 사실이었다.

시리의 어머니가 딸의 새로운 인생의 동반자에게 적개심을 갖은 분위기에서 결혼 당시, 이미 그녀는 임신 7개월의 무거운 몸으로 세인들의 시선을 피할 길이 없었기에 형제들과 몇몇 친구들, 그리고 시리의 전 남편이 초대된 가운데 그들의 삶을 송두리 채 뒤흔들어 놓게 될 운명의 조촐한 결혼식을 올렸다. 아이러니컬하게도 이 날은 전 남편, 남작 랑겔이 자신의 생일을 자축했던 날이기도 했다.

후일, 스트린드베리이는 랑겔 남작과의 이 날의 운명적 만남을 마술적 요소로 해석하여 작품 속에 소재로 담기도 했다. 시리의 배우를 향한 꿈이 드디어 실현되었고, 그녀의 첫 데뷔에 대한 평가는 아주 긍정적이었다.

결혼 초반의 4년이란 세월 동안 두 사람은 인간적 상처를 받지 않는 이상적인 부부로서, 오히려 부부라는 개념보다 예술가로서 두 사람 중 그 누구도 상대방의 자유를 구속하려 하지 않았다. 그들이 결혼할 당시 사회적 문제로 대두되었던 가장 큰 관심사는 여성문제였다. 시리가 여성해방의 지론과 함께 정신적 영혼의 자유를 위하여 투쟁의 싹을 키울 무렵, 스트린드베리이는 시리와 인식을 함께 하는 편지를 보내기도 했다; "[…] 나는 당신을 여성해방의 불꽃 속으로 인도할 것이오!"

이 무렵, 특히 프랑스와 영국의 거목들의 작품이나 사회비평소설과 견주어 볼만큼 우수한 작품으로 평가되어진 니힐리스트적 성격을 띤 소설 《빨간 방(Röda Rummet, 1879)》이 6개월 동안의 진통을 겪은 끝에 스웨덴에서 첫 번째로 유일한 사회비평 소설로 탄생되었다.

일찍이 스웨덴의 어떤 작가도 시도하지 못한 쟝르인 이 소설은 타의 추종을 불허하는 생명력 있는 언어로 문제성을 제시하고 관찰하며 사회여론을 불러일으켜 그의 천재적 재능을 유감없이 발휘하여 보여주었다. 또한 선풍적인 인기를 몰고 온 이 작품은 그를 스웨덴에서 가장 논의되는 작가로 만들어 놓기도 했다.

두 딸과 함께 평화롭고 안정된 삶을 영위하던 중 인기 절정에 있던 시리가 예정과는 달리 헬싱키에서 성공리에 공연을 하고 가정으로 돌아오지 않았다. 시리가 돌아올 것을 단호히 요구하며, 결국 아내에게 가정으로 돌아오도록 세뇌교육을 시켜 나가는 심산으로 6개의 경고적인 희곡을 여성들에게 보내는 경고장 형식으로 탄생시켜 나갔다.

그 중 시리에게 보내는 경고장인 낭만적이고 사실주의 희곡 《벵트 씨의 부인(Herr Bengts hustru, 1882)》이 출판되자, 이태리에서 거주하고 있던 헨릭 입센(Henrik Ibsen, 1828-1906)에게 기증본을 보내기도 했다. 이 작품은 입센의 《인형의 집(Et dukkehjem, 1879)》에 대한 반발이기도 했다. 즉, 스트린드베리이는 아내를 인형의 집의 여자로 만드는 것은 삶의 현실을 잘못 인식시키는 것이라고 주장했다.

스트린드베리이와 입센의 여주인공, 마르깃과 노라는 집을 떠나길 원한다. 그러나 마르깃은 노라와 반대로 집을 박차고 나가지는 않았다. "그것은 사랑이 자신의 의지나 이성보다 강하기 때문이다"라고 스트린드베리이는 표현하고 있다. 이것이 바로 입센의 이론적 견해에 대응하는 스트린드베리이적 자연의 순리에 대한 항의론이다. 이 항의론은 후일 스트린드베리이의 결혼생활을 그린 단편소설 《부부 I (Giftas I, 1884)》에 수록된 《인형의 집(Ett Dockhem)》에서 두드러지게 나타나며, 스트린드베리이가 입센에 항거하여 3일만에 창작하여 탄생시킨 작품이기도 하다.

그는 분명 시대를 앞서 갔지만, 여성관에 있어서는 보수적인 전통적 여성상을 구현하려 했던 인물로서 왕정, 부르주아적 사회, 여성 혐오적 사상은 그의 작품 곳곳에 스며들어 있음을 느낄 수 있다.

## 대륙에서의 망명생활과 귀향(1883-1892)

빈민과 약자 편에 서서 불평등한 사회를 근본적으로 바꾸기 위하여 외로운 투쟁을 끊임없이 지속해 온 스트린드베리이 — 80년대 초반 그의 문학활동은 양면적인 성격을 발견할 수 있다. 민중의 목소리와 함께 정부 내각과 공무원들을 공격하며 그의 초창기 소설들에서 시사했던 사회에 대항하는 그의 저항정신을 가차없이 드러내보였다. 게다가 부조리한 정부에 항거하는《새로운 제국(Det nya riket, 1882)》으로 치명적인 언론의 철퇴는 그를 정신 이상 증세를 보이는 상태까지 몰고 갔고, 그의 국가에 대한 불신과 정부에 대한 부정적인 시각, 공직자에 대한 회의적인 생각들이 잘 반영된 사회 실상의 비판적 풍자서는 프랑스 계몽주의 시대의 대표적 풍자서인《깡디드(Candide, 1759)》와 버금가는 역할을 구가해 오며 부당한 국가 공공기관들의 허위성과 비리를 투영했던 것이다. 이 철퇴를 통한 저항정신으로 인해 스트린드베리이는 자신을 사회적으로 완전히 고립시켜 나가며, 스웨덴 사회와 자신을 공격해 오던 사회의 적수들을 직면하고 외로운 자신의 존재를 느꼈다.

스트린드베리이의 인생행로에 1883년은 하나의 커다란 전환점이 되는 해가 된다. 그 당시 스웨덴 문단의 전통적인 경향으로 사회에서 가장 인기 있는 쟝르는 '시'였다. 그는 작품의 쟝르를 확대해 나가기로 결심하고 청년기의 이상주의와 결별하고 진지하게 시인으로 변모했다.

그는 우리 인간사회를 좀 더 나은 세상으로 만들어 보려는 계획을 세웠다. 즉, 문화비평과 사회개혁자로서 기여하길 결심한 것이다.

그의 생에 있어 커다란 역할을 해 나갈 역사적 순간이 찾아왔다.

후일 스트린드베리이의 작품 저작권을 따낸 출판사 보니에르(Bonnier)가 문제의 극작가가 시인으로 탈바꿈할 것을 선포하고 나선 새로운 시집의 판권을 사러 온 것이다. 그는 능수능란한 솜씨로 자신에게 아주 유리한 조건으로 계약을 체결함과 동시에 《스웨덴의 운명과 모험(Svenska öden och äventyr)》까지 계약을 이루어 냈다. 그때 재미있는 사실은 계약자가 그를 방문했을 때, 작가는 조금의 동요도 보이지 않았다고 한다. 그는 자신의 '시'를 거론하기 보다 정원에 자라고 있는 멜론 걱정을 하며 여유 있는 모습으로 계약 분위기를 끌어나갔다고 보니에르 쥬니어(Bonnier Junior)는 당시를 회상했다.

그의 첫 번째 시집은 시대의 특징을 비교적 전면적으로 반영한 60년대 말, 미래를 예견하는 분위기를 잘 조화시킨 매력적인 작품들로 구성되어진 사상탐색의 예술적 총화였다. 그곳엔 정치적 문제와 적대감을 갖고 있는 인물에 대한 감정들이 깔려 있었기에 일반 독자들이 쉽게 받아들이기엔 너무나 복잡미묘한 것이었고, 시인의 진의를 알기 위해서는 해설의 필요성이 요구되는 것이었다. 그동안 사회적 문제로 대두되던 사건들을 신화를 통해 완곡하고 아름답게 표현해 냄으로써 그 누구도 그가 창작해 낸 시의 세계에서 정치와 사회를 고발하는 궁극적인 의미가 담겨 있다는 것을 눈치채지 못했다. 사실 그의 시 형태는 매우 인습적인 것이기도 했지만, 그가 새롭게 창조해 낸 시의 세계 역시 혁명적인 투쟁의 면모가 여지없이 나타나 있었다. 미래지향적 혁명정신이 깃든 그의 시집이 출판되었을 때는 이미 작가가 조국을 등진 뒤였다.

조국을 떠난 이국 땅에서의 첫 작품, 《각성하는 날들의 몽유병의 밤들(Sömgångarnätter på vakna dagar, 1883)》이 탄생되었다. 이 작품은 4편의 시 모음집으로 새로운 시의 세계에서 자신의 망명지로부터 조국 스웨덴까지 마치 몽유병 환자가 꿈속을 헤매듯 영혼이 체험하는 여행의 나래를 아름다운 시어로써 펼쳐 나가고 있다.

그는 《새로운 제국(Den nya riket, 1882)》과 《스웨덴 민중(Svenska folket, 1881-82)》을 둘러싼 논쟁으로 인하여 스웨덴 계몽주의(19세기)와 함께 발달한 문학적 새로운 경향으로, 현대문학의 시 발점이 된 젊은 문학도의 모임인 '웅아 스베리에(Unga Sverige)'의 리더로 추앙 받은 그는 기꺼이 그의 역할을 받아들였고, 즉시 기존 틀에 묶여 있는 사회지도자 층에 자신의 존재를 알렸다. 기성세대로부터 버림받은 자신의 존재와 이상주의자며 이신론자요, 보수주의자인 젊은 세대로부터 추앙받는, 두 세대에 자신이 동시에 존재함을 시사하는 성명서를 작성하고 활동을 전개했다. 아마 그때 이미 자신의 망명을 예상하고 있었는지도 모른다.

1883년, 스트린드베리이는 가족과 함께 자의로 선택한 망명길에 올라, 프랑스, 스위스, 독일과 덴마크 시골 작은 호텔을 전전하며 힘든 생활을 이어갔다. 시리와의 결혼 파경은 그의 작품 속에서 그려지고 있는 성대결의 모티브를 제공한다. 처음엔 스트린드베리이는 여성평등의 주창자였다: 그의 세 부인은 모두 독립적인 직업을 가진 여성들이었다. 그는 독일의 프리드리히 니체(Friedrich Nietzsche, 1844-1900)를 계승하여 여성과 남성의 관계를 성의 대결로 생각했다. 그 누구도 스트린드베리이 이전에 사랑하는 남녀 사이에 힘의 투쟁을 묘사한 사람은 없었다.

그의 희곡 《아버지(Fadren, 1887)》, 《미스 쥴리(Fröken Julie,

1888)》, 《채권자(Fordringsägare, 1888)》, 단편집 《부부 II(Giftas II, 1844-85)》, 불어로 쓰인 자전적 소설인 《미치광이의 항변(En dåres försvarstal, 1887)》, 그리고 프랑스에서 출판된 《남성 하위의 여성 열등감(Kvinnans underlägsenhet under mannen, 1895)》 등의 작품으로 그는 전 유럽을 통해 '여성혐오자'로 유명해졌다.

## 인페르노 위기의 전후(1892-1907)

1894-96년, 스트린드베리이의 이름은 일간지들의 지상을 통해, 혹은 문화잡지에서 고갱과 뭉크와 같은 가까운 예술인들을 소개하면서 빠리에서 명성을 떨쳤다.

1894년 12월 《아버지(Fadren, 1887)》의 초연이 성공리에 이루어졌다. 그의 성공에도 불구하고 두 번째 부인, 오스트리아의 저널리스트 프리다 울(Frida Uhl, 1872-1943)과의 몇 개월의 짧은 결혼생활에 종지부를 찍은 후 경제적으로 힘든 상황에 처해 있었고, 1985년, 건선 피부병으로 빠리의 쎙 루이(St. Louis) 병원에서 투병하기에 이르렀다.

그 당시, 그는 신비주의자인 오컬티스트(Occultist)들, 연금술, 그리고 신비주의에 빠져들기 시작하여 신비주의에 관심이 높았던 독일, 스웨덴 문인/예술가들과 어울려 논쟁하기를 즐겼다. 그에 있어 초기의 신비주의란 이성주의 혹은 과학적 현상으로 해석되어졌으나 점차적으로 신비주의적인 요소로써 초자연적인 힘의 영향력과 인간의 운명으로 받아들였다. 후일 빠리의 신비주의자들과 접촉하며 1880년대의 빠리에서 성행하고 있던 최면분석과 암시대화법에 흥미를 갖고 마법을 연구하기도 했다.

18세기 말에는 북구의 석존이라 불리는 스웨덴의 신비적 신지학자, 에마누엘 스뵈덴보리이(Emanuel Swedenborg, 1688-1772)에 심취하여 그 결과로 소설 《인페르노(Inferno, 1897)》와 종교적 표현주의 희곡 《다마스쿠스를 향하여(Till Damaskus, 1898)》가 탄생되었다. 그는 다방면의 종교적 이론에 흥미를 보이며 불교에 귀의하기도 했다.

스트린드베리이의 종교관에 최악의 혼란이 찾아들었고, 그가 영혼의 자유를 누릴 수 있다고 믿고 찾았던 빠리에서 1895년, 생의 절망적인 〈인페르노 위기(Inferno Kris, 1895-1896)〉를 맞았다. 후일 스트린드베리이 연구가들은 그것이 세상의 이목을 끌기 위한 자작극이 아닌가를 놓고 시비를 가리지 못하고 있으며, 아직도 그 원인 역시 미궁에 빠져 있는 상태다.

종교적 위기에 처한 스뵈덴보리이가 자신의 정신질환에 대한 설이 구구한 가운데서 고통 속의 정신이상적 체험을 간략하게 메모했던 《꿈의 일기(Drömboken, 1743-44)》를 세상에 내놓았듯이, 스트린드베리이 역시 《신비주의적 일기(Ockult Dagboken, 1896)》를 쓰기 시작했다. 스뵈덴보리이에 심취하여 그의 영향을 받은 스트린드베리이는 그의 성격으로 미루어 보아 충분히 자작극적 연출을 할 수 있었으리라 세인들은 믿고 있다. 가혹한 운명으로 처절한 생활 속의 고뇌와 좌절이 결국 한 인간이 딛고 일어서기에는 극한 상황에 이르게 되었고, 소위 세인들이 '정신발작증'이라고 불렀던 지옥과 같은 체험을 그에게 안겨주었다. 그러나 그 후 그가 보여준 초인간적인 정신력과 천재성은 오히려 차원 높은 경험세계를 제시하는 결과를 가져오기도 했다.

　그는 처절하고 비통했던 영혼의 울림에 의해 이 위기의 경험을 바탕으로 탄생되어진 소설 《인페르노(Inferno, 1987)》와 《전설(Legender, 1988)》을 남기기도 했고, 《인페르노 위기》 이후의 작품들 역시 시공을 초월해 독자들이 가슴으로 느낄 수 있게 한다. 수많은 작품들을 통해 그가 경험한 정신적 위기는 오히려 예술가적 삶에 영감을 안겨주어 《다마스쿠스를 향하여 I, II(1890), III(1901)》을 집필한 후 조국으로 돌아가 룬드(Lund)에서 50회 생일을 맞았다.

　고향인 스톡홀름으로 돌아온 그는 1900년, 젊은 여배우 하리에 부쎄(Harriet Bosse, 1878-1961)와의 만남에 이어 일년 후에 결혼 하지만 3개월째부터 그들의 결혼은 파경에 이르렀고, 딸이 태어났음에도 불구하고 1904 년, 이혼으로 끝났다.

　그 후, 세익스피어에서 영감을 얻어 왕에 대한 희곡 《에릭 14세(Erik XIV, 1899)》와 《카알 12세(Karl XII, 1901)》, 기이한 몽환극 《꿈(Ett drömspel, 1901)》, 풍자소설 《흑기들(Svarta fanor, 1904)》, 《푸른 책(En blå bok, 1906)》을 집필해 냈다. 또한 배우 아우구스트 팔크(August Falk, 1882-1932)와 함께 자신의 실험극단 〈인팀마 테아테른(Intima teatern, 1907-1910)〉을 창단하고 오프닝을 위한 준비로 네 편의 〈오퓨스(Opus)〉라 명명한 〈실험극(Kammarspel)〉을 1907년 완성했다: 오퓨스 I. 《악천후(Ovåder)》, 오퓨스 II. 《타버린 대지(Brä-nda tomten)》, 오퓨스 III. 《유령소타나(Spöksonaten)》, 오퓨스 IV. 《펠리컨(Pelikanen)》이다. 연이어 크리스마스를 위한 오퓨스 V. 《검은 장갑(Svarta handsken)》을 내 놓았다. 캄마르스펠은 음악에 있어 실내악과 같은 분위기이며 연극의 자유극장과 같은 소극장 형태의 실험무대와 상통하는 것이다.


## 블로 토-넬(Blå tornet)에서의 고독과 죽음(1908-1912)

1908년, 하리에 부쎄가 재혼하자, 그의 철새 같았던 인생을 마감하고, 마지막 보금자리인 드로뜨닝가딴(Drottninggatan) 85번지인 블로 토-넬(Blå tornet)으로 이사를 했다. 그곳에서 그는 자신의 실험 극단의 단역배우이자 하숙집 주인 딸, 파니 팔크네르(Fanny Falkner, 1890-1963)와의 마지막 염문을 남기기도 했다.

그의 60회 생일은 사적으로 공적으로 축하되어졌다. 그가 사회비판적 작가로 다시 돌아와 1910년과 11년에 걸쳐 신문지상을 붕괴시킨 정치적 문학적 논쟁인 그의 칼럼들은, 소위 말하는 '스트린드베리이 스페이덴(Strindbergsfejden)'이라 불리는 분규의 원인 제공을 하기도 했다.

1911년, 폐렴으로 병져 눕게 되고, 이듬해 1월 22일, 그의 63세의 생일은 봉화불을 손에 들고 모여든 수많은 노동자, 학생들로 구성된 민중들에 의해 축하되어지며 민중의 대변자임이 재확인되는 순간을 맞았다. 즉 그 해 3월, 스웨덴 국민들이 거국적으로 행하여 모은 당시 45,000kr.라는 거금이 국민들로부터 전달되었다. 스트린드베리이는 그 상을 〈민중이 수여한 안티-노벨상〉이라 명명했다. 1912년 5월 14일, 현재 스트린드베리이 박물관으로 보존되어 있는 블로 토-넬(Blå tornet )에서 위암으로 생을 마감했다. 그리고 마지막 희곡 《회복의 여정(Stora landsvägen, 1909)》의 타이틀이 된 드로뜨닝가딴

(Drottninggatan)에서 시작하여 노르툴스가딴(Nortulsgatan)으로 이어진 약 60,000명의 거대한 추모행렬은 현재 그가 잠들어 있는 영원한 영혼의 안식처인 노라 교회묘지(Norra Kyrkogården)까지 이어지는 가운데, 5월 19일, 대주교, 나탄 쇠데르블롬(Natan Söderblom, 1866-1931)에 의해 장례식은 거행되었고. 스트린드베리이의 희망에 따라 소박한 무덤 앞엔 'O crux ave spes unica(오, 십자가, 나의 마지막 희망이여!)'라고 새겨진 작은 나무 십자가 하나만 세워졌다.

이상적인 가정을 갈망했던 그는 세 번의 결혼과 실패를 거듭하며 따뜻한 가정에 대한 끝없는 갈증을 결코 해소하지 못했다. 그를 선택해 다가왔던 그 어느 부인 역시 그를 이해하지 못한 채 복잡미묘한 그의 영혼의 소용돌이를 잠재울 수 없었다.

고독했던 천재가 동경했던 세계는 꿈과 이상, 그리고 낭만과 서정이 깃든 세계로 그 시대의 의식구조나 사고를 뛰어넘어 훨씬 높은 곳에 존재하고 있었던 것이다. 그것은 시대의 혼란한 구조적 문제에서 파생되는 것에 대한 불만, 변혁기의 사회적 이념에 근거한 다양한 사고력으로부터 발생된 시대를 초월한 동경의 세계였다고 말할 수 있다.

그는 그의 마지막 보금자리 〈블로 토-넬〉에서 마지막 희곡 《회복의 여정(Stora landsvägen, 1909)》을 잉태시켰다.

1901년 1월 25일, 그의 신비의 일기, 《오쿨타 다그부껜(Ockulta Dagboken)》에 토로한 심정은 그의 생을 잘 대변해 주고 있다 ;

"나는 나의 일생을 이렇게 심사숙고 해본다: 소름 끼치도록 참혹한 삶을 살아온 나의 삶을 설명하는데 있어, 마치 나 자신이 연출가가 되어 내 영혼의 상태와 내가 접한 모든 상황을 하나의 무대 위에 올려 보일 수 있다는 것이 가능하단 말인가? 연출가라면, 이미 나는 20살에 성공한 연출가였다. 그렇지만, 만약 나의 생이 평화롭고 평범한 세상에서 영위되었다면, 나는 어떤 작품도 탄생 시킬수 없었을 것이다.[…]"

## 화가, 그리고 사진작가

### 화가

극작가, 소설가, 시인, 그리고 과학자로 지대한 업적을 남긴 스트린드베리이는 현재 국내외로 각광 받는 화가일 뿐만 아니라, 사진작가로서도 탁월한 재능을 보이며 세상의 이목을 끌고 있다. 화가로서의 활동기는 세 시기로 나눌 수 있으며, 그의 삶의 전환기와 밀접한 관계가 있음을 감지할 수 있다.

청년기인 1870년대, 그는 아마추어 화가인 친구로부터 이젤과 물감 그리고 붓을 빌려 자신의 그림에 대한 재능을 시험해 보기로 했다. 유화물감으로 깊고 푸른 하늘과 초원을 그린 자신의 처녀작을 보며 행복을 느낀 그는 유화물감으로 독자적인 표현의 힘을 경험해 보고 싶은 충동에 사로잡혔다. 처음으로 유화물감의 강렬한 표현의 힘을 진지하게 체험한 그는 테마보다 색상, 색감, 혹은 유화물감의 질감 그 자체에 매료되었다.

그 이후, 일생을 통해 그림은 그의 동반자가 되었으나 안타깝게도 그림 창작에 불을 지핀 처녀작은 현재 남아있지 않다. 그는 무엇보다도 색감을 낼 수 있는 재료의 특성 혹은 질감과 색채의 혼합으로 표현력의 가치를 창출해 내며 글로 표현하기 힘든 자신의 내면세계를 형상으로 표출하고 싶었다. 색채의 색감만 보아도 그의 미묘한 감정 상태를 느낄 수 있고, 어둡고 강렬한 색채와 빛은 대비를 이루어 극적 효과를 동반하며 초현실적인 분위기에서 자연스런 느낌을 연출한다.

그는 바다를 테마로 그림에 몰두하며 인상주의(Impressionist)의 '해변', 옮겨 심어 놓은 듯한 '바닷가의 한 그루 전나무', 모래 사장에 밀려드는 '파도', '바다 위에 비취는 달빛'을 주로 그렸다. 그가 사랑했던 아름다운 스톡홀름 군도, 셰르고르덴(Skärgården)의 자연을 화폭에 담아내기에는 붓과 물감으로는 충분하지 않다는 것을 발견한 그는 연필을 사용하여 많은 스케치를 남기기도 했다. 그림을 그릴 때면 자신의 눈빛은 날카로워져 자연 속의 모든 세밀한 움직임까지 느낄 수 있었다고 자서전에서 밝히고 있다. 그가 셰르고르덴의 키멘드 섬(Kymendö)에서 체험한 자연은 그의 그림에서 뿐만 아니라 문학작품에서도 시각적인 표현법으로 생동감있게 전달되며 후반기 미술작품에까지 계속된다.

스트린드베리이 이전에는 그 누구도 스톡홀름 군도에 관심을 갖고 화폭에 담았던 사람은 없었을 뿐만 아니라, 그는 당대 스웨덴 최고의 미술 비평가로 인상파 화가들의 테크닉을 훌륭하게 분석해 내며 그들을 처음으로 스웨덴에 소개하기도 했다.

망명 후 조국 땅을 처음 밟은 그는 1890년, 나무에 대한 스케치 공부에 열중하여 후일 문학작품을 위한 기행 스케치를 하기도 했고 인상주의 기법으로 조각을 시도했으며 자연과학적인 테마로 유화를 그리기도 했다. 놀랍게도 당시의 사조인 스웨덴 낭만주의, 혹은 상징주의의 영향을 전혀 받지 않은, 테마가 없는 자유분방한 그의 그림들이지만 서정적 표현기법을 쓴 작품으로 느껴진다. 1892년 자신만의 고유한 스타일을 창안해 낸 '셰르고르덴'의 테마는 그에게 아주 중요한 영감의 출처였고, 그 해 여름, '셰르고르덴'의 테마로 그려진 30점이 넘는 모든 추상화는 현재 높이 평가되고 있는 작품들이다.

그는 재료와 색채가 지닌 특성이나 질감이 자연스럽게 하늘과 바다를 표현해 내도록 하기 위해 화판이나 화폭에서 다양한 유화물감들이 직접 배합되어 자연이 하나의 색채 현상으로 표현되는 것을 테마보다 더 중시했다. 그렇게 원초적 감각에 의해 만들어진 자연의 색채들은 서정적 감성을 불러일으켜 준다.

수필집《미술 창작에서의 우연성(Slumpen i det konstnärliga-skapandet, 1894)》에서 그는 무엇보다 사실적인 자연의 모습을 흉내 내어 모방한 것을 표명하는 미술이론을 발표했다. 자연법칙의 순리를 모방하여, '우연은 결정적인 역할을 하게 되고 그림은 각자 체험에서 발전하게 된다'는 점을 암시하는 "스쿠그스스누뷔즘(Skogssnuf-vismen)" — 미술 창작의 우연성 — 이라는 용어를 만들어 내기도 했다. 곧 일관성 없이 색채를 화폭에 담아 다른 자연을 새롭게 탄생시켜 자연 그 자체의 이미지에서 일상과 상상이 공존하는 자연과 인간의 교감을 상징적으로 화폭에 담았던 것이다. 그 결과로 작가의 상상력에 의해 추상성과 결부된 내면세계를 엿볼 수 있다는 주장이다. 그 후, 조각가 페르 하셀베리이(Per Hasselberg, 1850-94)의 도움으로 스톡홀름에서 첫 개인전을 갖기도 했으나, 후반기를 이어가게 될 상징적인 그림의 타이틀부터 당시의 회화로서는 너무나 생소하여 가까운 동료 화가들조차도 그의 작품을 이해하지 못했다. 그것은 자연의 대상 그 자체라기보다 자신의 가슴 속에 느껴지는 사물과 일치하기에 작품 제목을 주관적으로 명시했기 때문이다. 그의 작품은 현실적인 색채가 아닌 실제와 다른 비구상적 이미지가 주를 이룬다. 작가의 감수성과 순간의 감정 변화에 따른 심상에 투영된 이미지를 주관적으로 표현해 내는 화풍으로 시간이 흐를수록 빨려 들어갈 듯한 그의 그림은 작가 자신의 영혼의 일부라는 것이 느껴진다. 그는 작품의 영감이 존재하고 있는 상태에서 그림을 완성시키기 위해 주로 중간 사이즈의 화폭이나 목판에 2-3시간 내에 그림을 그렸다고 한다.

1892년 10월, 그는 베를린으로 향했고, 그가 명명한 작은 와인 바인 〈검은 돼지새끼(Zum schwarzen Ferkel)〉에서 뭉크를 비롯하여 북구와 독일 작가들 혹은 예술가들과 어울리며 철학과 인생, 여성을 논했다.

그는 주변 화가들의 영향을 받지 않고 색채의 상징성을 고수하며 독자적으로 상징성이 두드러진 새로운 그림을 그렸다: 침울한 '백말 III(Vita märrn III)', 두 번째 부인에게 약혼선물로 준 '질투의 밤(Svartsjukansnatt)'. 스위스의 상징주의 화가인 아르놀드 뵉클린(Arnold Böcklin, 1827-1901)의 흡인력 있는 회화, '죽은 자의 섬(Toten Insel, 1880)'을 해석하여 그린 '신록의 섬(Den grönskande ön)', '외로운 독버섯(Den ensamma giftsvampen)', '해변에 외롭게 핀 꽃(Ensam blomma på stranden)' 등이 있다.

독일에 머물며 뭉크의 상징주의에 뜻을 함께 한 스트린드베리이와 뭉크는 보수적인 베를린 미술대전(Berliner Kunstausstellung)의 봄 전시회에 출품을 했다. 물론 독일 미술협회는 그들의 작품을 낙선시켰으나, 동시에 낙선된 우수작품들을 모아 별도로 전시하는 낙선전에 북구의 두 거인의 작품은 나란히 소개되었다. 후일 독일 표현주의의 선구자로써 스캔들로 뭉쳐 있는 두 급진적인 영혼의 소유자들은 보수적인 독일 미술계에 대항했으나 독일 미술계는 그들을 상징적-자연주의 그리고 초표현주의 미술에 있어 탁월한 인물로 인정했다. 후일, 불우했던 두 영혼의 우정은 뭉크의 삶에 다그니 쥬엘(Dagny Juel, 1867-1901)의 등장과 함께 벽이 생기게 된다. 뭉크는 스트린드베리이의 60회 생일에 그에 대한 존경의 뜻을 전하기도 했지만, 그들의 만남은 더 이상 이루어지지 않았다.

세 번째 부인과의 신혼여행지인 런던에서 사실주의 풍경화가 윌리암 터너(William Turner, 1775-1851)의 그림을 그곳 화가들의 동우회에서 연구할 기회를 가졌던 그였기에, 그의 후기 그림에서는 터너의 자취를 찾아볼 수도 있다. 프리다와의 결혼 후 그림과 문학작품 활동을 떠나 자연과학 연구에 몰입하며 문예창작의 힘을 발산하지 못한 그는 딸의 출생을 기다리며 기쁨으로 그림을 다시 그리기 시작했다. 오스트리아 도나우강 북쪽에 위치한 프리다의 조부 소유의 작은 집에서 그림에 심취할 수 있었기에 도나르흐(Donarch)에서의 작품들은 스트린드베리이를 풍경의 지평 화가로서 정점에 달하게 만들었다. 완전히 추상적이지 않으면서 감상자의 관점과 상상력으로 해석이 가능토록 하여 그림이 지닌 의미를 미적 감수성에 따라 주체의 관점과 긴밀한 연관성이 있게 한 것이다. 그는 추상적인 것에서, 또한 우연히 만난 상상의 선들 속에서까지 사실에 입각하여 표상이 아닌 것을 창작해 내며 새로운 자연주의를 해석해 냈다. 다시 말해 그가 그리는 풍경은 곧 작가의 심성인 것이다. 상상의 세계이자 어둠을 향한 빛의 투쟁으로 자신의 내면을 화폭에 표현한 '이상한 나라(Underlandet)'는

1990년, 스톡홀름 경매장에서 50억 원을 호가하여 경매되어 현재 국립박물관에 소장 되어있다. 그림의 타이틀도 개성적이었지만, 그에게 그림을 그리기 위한 중요한 도구는 붓이 아닌, 팔레트나이프와 손가락이 전부였다. 화판이나 화폭에 환상이나 사실의 느낌이 아닌 심미 체험의 감각을 직접 그려내어 화가의 창작활동에 대한 발자취를 객관적인 감상자의 주관적 경험과 지식을 유발시키게 하는 풍경속 지평을 열었던 인물이기도 하다.

파리에서 그의 희곡, 《아버지》와 《미스 쥴리》의 대성공으로 그는 극작가로써 이미 국제적인 명성을 떨치고 있었다. 화가로서도 예술가들의 구심점인 파리를 정복하기 위해 다시 돌아와 그린 그의 그림들은 아주 세련되고 추상적인 바다가 테마인 작품들이었다. 그곳에서 그를 환대하며 돕겠다고 나선 미술상에게 작품을 넘기지 않은 그는 조국의 친구들에게 보내어 전시회를 통해 그림을 팔았다. 또한 이미 세계의 대도시에서 자신의 희곡을 통해 고갱보다 더 유명해져 있던 그는 파리에서 예술인들 혹은 유럽 문화계의 유명인사들과 교류하며 신문지상을 통해 고갱(Paul Gauguin)과 뭉크를 소개하기도 했다.

고갱과 친분을 쌓았을 무렵 고갱은 자신의 전시회 축사를 스트린드베리이에게 부탁했다. 고갱을 위한 축사는 작품에 대한 분석에 지나는 것 뿐만 아니라 인상주의에서 생테티즘(Synthetism, 종합주의)[2] 까지 현대미술 발전에 통찰력과 신속한 객관성에 전통한 작품들이라는 평을 하여 탁월한 미술 비평가로서의 면모도 재확인 시켜주었다.

---

2 히브리어의 '예언자'에서 유래한 고갱이 주도하고 고갱의 영향을 받은 화가들로 19
　세기 말에 파리에서 결성한 젊은 예술가들인 나비파(Les Nabis) 그룹인 프랑스 신
　비적 상징주의 화가들이 고안해 낸 회화 기법.

게다가 고갱의 아틀리에를 함께 쓰며 '고갱의 쌍둥이 형제'라 불렸던 그의 회화는 '예술지상주의'를 고수했다.

독일, 프랑스, 그리고 오스트리아에서의 망명시절, 초현실주의와 추상적 – 표현주의를 예시하는 회화의 기법을 개발하기도 했던 스트린드베리의 그림은 1893-94년 최고 절정에 이르렀다. 또한 성경의 창세기 신화와 말세의 의미가 담긴 전원 풍경들을 화폭에 담아낸 작품을 통해 그의 종교관 또한 짐작할 수있다.

조국으로 돌아온 그에게 고난은 계속되었고, 첫 부인과의 몇 차례 이혼소송을 거치며 〈달라르 섬(Dalarö)〉의 고독한 생활 속에서 그림에 심취했다. 그 당시의 테마는 '성난 파도', '절벽 위에 서 있는 항해표지', '우뚝 솟은 하얀 등대', '소용돌이치는 바다 속의 흔들리는 빨간 점' 등 해변을 기초한 것이었다. 그의 '이면성의 그림', 즉 칠흑 같은 악천후의 어둠 속에서 보이는 파란 맑은 하늘은 총체적인 풍경화의 기법으로 30년 후 초현실주의자들이 그 기이한 발상에 대해 토론에 붙였던 기법이기도 하다. 소용돌이치는 바다를 예술로 승화시키고, 인간이 대상을 보면서 느끼는 감정을 피사체에 투영시켜 그림을 그렸지만, 사실 자신의 삶을 묘사했던 것이다. 그의 삶이 그랬듯이 명확하지 않은 소용돌이치는 형태 속의 강렬한 색감과 선은 추상적인 신비로움으로 객관적 현실에 은유적 상징성을 부여하고 있다.

〈인페르노 위기〉 이후, 그림에서 멀어졌던 그는 임신한 세 번째 부인이 자신 곁을 떠나자 절망 가운데 기다림 속에서 돌연히 그림을 그리기 시작했다. 드라마의 무대배경 같은 인상을 주는 특징이 두드러지는 마지막 창작시기는 1900년대 초반으로 대표작이 포함되어 있다:

'인페르노(Inferno)', '파도(Vågen VI)', '등대(Fyrtornet II)', '해변의 전경(Kustlandskap II)', '일몰(Solnedgång)' 등. 그는 1905년의 '전나무 숲(Granskogen)'과 '숲의 변두리(Skogbrynet)'를 마지막 작품으로 남기고 화단을 영원히 떠났다.

그가 〈셰르고르덴〉의 소설에서 보여준 자연묘사를 통해 스웨덴 사실주의에 강하게 영향을 끼쳤던 것과 같이 미술계에서도 스웨덴 낭만주의 속에 사실주의를 심기도 했다.

그는 문예창작을 하며 그림을 그리기도 했지만, 때론 글을 쓸 수 없는 상태일 때 그림을 그렸다는 것을 그의 일기에서 찾아 볼 수 있다: "공포에 휩싸였을 때 그림을 그렸다"고 고백했듯이, 그의 그림은 소용돌이치는 자신의 내적 심상의 표현이다. 1892년 여름, 스톡홀름에서 열렸던 스트린드베리이의 첫 전시회에서, 그의 초상화를 그리기도 했던 가장 가까운 친구인 스웨덴 화가, 리차드 베르그(Sven Richard Bergh, 1858-1919)마저도 그의 그림을 이해하지 못했다. 그 후 1905년, 견해를 달리한 베르그는 스트린드베리이의 '인페르노-그림(Inferno-tavlan, 1901)'을 극찬하며 국립박물관장이 되자 스트린드베리이의 그림을 박물관에 소장하기 위해 사들였다. 그러나 베르그의 죽음 후엔 많은 작품들이 외국의 수집가들에게로 팔려 나갔다. 이미 1895년 스톡홀름에서 예술가협회 봄 전시회에서 팔린 스트린드베리이의 대표작품인 '이상한 나라(Underlandet, 1894)'와 '알프스 풍경(Alplandskap, 1894)'은 스웨덴 최고가의 그림으로 꼽힌다. 2007년, 영국의 소더비(Sotheby's) 경매장에서 50억 원 상당에 팔렸던 '알프스 풍경'은 미국의 한 미술 갤러리에서 네델란드의 마스트리히트(Maastricht) 미술 박람회에 약 90억 원에 내놓았다고 한다. 실제로 인물화를 그리지 않은 그를 사후까지도 전문지식이 없는 도락예술가로 분류했기에 그의 생전엔 화가로서 성공하지 못했다. 그러나 오늘날 실험적인 테크닉과 까다로운 방식으로 우연과 작업하는 순간의 미적 감성을 혼합한 그의 회화는 현재 새로운 회화기법의 선구자로, 초 고가의 미술품 중의 하나로 간주된다.

그의 대다수의 작품을 소장하고 있는 스톡홀름의 노르디스카 박물관(Nordiska museet)이 2012년 1월 16일, 스트린드베리이의 서거 100주기 기념전시회에서는 거의 일반인들이 예전에 접하지 못했던 17편의 작품이 전시되었다. 그는 변함없이 가족 혹은 자신의 사진을 찍은 것과는 달리 결코 사람의 형상을 화폭에 담지 않았다. 해변, 바다, 절벽, 나무와 숲과 같은 예외없이 다양한 형태의 자연을 테마로 그린 그의 작품들은 주관적 해석의 가능성을 열어주고 있다.

강한 양면의 그림, 성난 바다와 산더미같이 몰려오는 파도를 묘사한 '파도 VIII(Vågen VIII)'은 그의 다수의 그림에서 운명에 따르는 죽음에 대한 생각들과 의식적으로 사멸이라는 숨겨진 상징적 감정이 내포된 강한 주제가 반복되고 있다. 아마추어에서 선각자 혹은 선구자까지 화가로서 그에 대한 평가는 다양하며, 현재 그의 200점이 넘는 작품 중 120점 정도가 세계 경매장에 나와 있다. 경매장에 잘 나오지 않는 그의 작품들은 거의 50억 원을 웃도는 것으로 예상되고 있으나 공식적으로 화가로서의 데뷔는 사후에 이루어졌다. 그는 화가수업을 받은 전문가는 아니었으나 1870년대에 젊은 화가들과 어울리며 즐겨 그림을 그렸고, 그림에 대한 통찰력과 상당한 견해로 스웨덴 최고의 지적인 미술 비평가로도 손꼽혔다. 또한 미술계에 표현주의가 시작되기 훨씬 전, 이미 자신의 방법으로 일종의 표현주의를 개척해 내기도 했다.

그의 풍경화는 항상 해변을 기초한 바다와 마디가 많은 소나무들, 불모의 섬, 하얀 배, 항해표지, 점, 구름 낀 하늘과 함께 거의 강한 혹은 약한 빛이 어려있는 수평선, 일몰 혹은 달빛 등으로 맑은 날의 테마들이다. 그러나 그는 기꺼이 성난 파도로 소용돌이치는 바다, 격동하는 하늘의 모습들, 절벽에 부딪쳐 부서지는 파도들을 화폭에 담았다. 그가 처음 빠리를 방문했을 때, 현대 사실주의의 아버지로 불리는 구스타브 꾸르베(Gustave Courbet, 1819-77)의 그림과 인상파 화가들의 작품에 찬사를 보낸 그의 회화기법은 즉흥적이었다. 화폭에 물감을 뿌린 후 떠오르는 이미지를 붓을 사용하지 않고 팔레트 나이프와 손가락만으로 흥분된 상상력에 의해 거칠고 자유분방하게 그려내는 재능은 그 누구도 따를 수 없었다. 초창기 그의 그림을 인상파에 속하는 회화라고 불렀으나 사실 그가 즐겨 다루었던 테마인 바다와 험한 절벽, 혹은 옮겨 심어놓은 듯한 나무 한 그루 등은 고독했던 그의 실존적인 고뇌를 자연과 더불어 표현해 낸 추상적-표현주의에 가까운 것이다. 그의 풍경화의 날씨는 밝았고, 검은 바다는 너무나 가깝고 강력한 느낌이어서 언제든지 파도의 찬물이 덮쳐올 듯하다. 또한 그의 그림은 전혀 수식이 없는 단순한 이미지로 폭넓은 정신적 차원의 인식문제와 함께 인간의 내면세계를 강렬하게 표현하며 그의 사상과 죽음, 불안, 고통, 고독, 가족 등을 담아내는 화풍을 시도했다.

1860년대까지 아마추어 작품에 불과했던 그의 그림은 사후 20년이 흐른 후에야 현대적인 신선함을 주목 받기 시작했던 것이다. 세계 2차대전 이후 스트린드베리이의 그림은 드디어 그 가치를 발휘하기 시작했고, 1960년 이후부터는 베니스 비엔날레를 포함해 유럽의 위세 높은 현대미술관에서 기획전을 가졌던 유일한 스웨덴의 화가이기도 하다. 그의 소설이나 희곡, 그리고 삶이 분노의 격발이듯이, 그의 그림 역시 자신의 인생을 반영하고 있다. 화가로서 자신의 가치와 한계를 잘 알고 있었던 그는 그의 유명한 에세이 《미술창조의 우연성》에서 자신이 그렇게 그림을 그릴 수밖에 없었던 이유를 설명하고 있다. 뛰어난 사실적 언어 구사력으로 문학작품이나 연극무대에서 일종의 그림과 같은 시각적 효과를 보여준 것으로 미루어보아 비록 문학작품과 그림은 분리된 것이지만 화가로서의 자질은 그에게 있어서는 통일된 총체로 봐야 할 것이다. 한마디로 그의 그림은 특이하게도 당시의 미술 사조, 새로운 경향, 가까운 유명 화가 친구들의 영향을 전혀 받지 않고 전통과 아방가르드 사이에서 분열을 보여준 독특한 사례로 꼽힌다.

그는 현재 기타 국가에서는 극작가보다 화가로서 더 알려져 있으며, 그의 작품은 빠리의 일명 '인상주의 미술관', 오르세이 박물관(Musée d'Orsay)을 비롯하여 유럽 각지의 대형 미술관에서 찾아볼 수 있다.

## 사진작가

이미 10대에 사진에 대한 관심을 가졌던 스트린드베리이의 일생을 통해 사진은 그의 삶에 아주 중요한 자리를 차지했다. 그는 일생 동안 다수의 카메라를 보유했고, 그중에 스스로 제작한 카메라들로 렌즈를 사용하지 않고 실험을 하기도 했었다. 그가 글을 쓰기 위해 사진을 찍었다고 말했듯이 사진 속에서 일종의 물체를 주시하고 뜻하는 것은 사진의 영상을 통해 인간의 내적 체험이나 영적 상태를 재현해내는 것이 목적이었다. 자신의 외모는 신경을 쓰지 않지만 자신의 영혼을 사람들이 볼 수 있기를 희망한다고 토로한 그의 심정이 그가 종사한 어떤 분야에서보다 사진에서 제시되고 있다.

사진작가로서 명백하게 아방가르드적이었던 그는 자신의 문학작품에서 "인생의 사진과 같은 묘사"라는 용어를 사용했다. 1861-62년, 그는 습판(wet collodion process)을 사용한 초창기 사진술로 사진을 실험하기도 했었다. 이미 1886년, 자신의 사회적, 민속적, 문화사적 기행소설, 《프랑스 농부들 가운데서(Bland franska bönder, 1886)》의 삽화를 시작으로 신선하게 주위를 환기시키며 사진예술의 가능성을 시도해 보았다. 처음엔 스케치를 위해 화가를 동반할 계획을 했던 그는 현대적인 순간 포착 카메라와 자신의 스케치를 사용하기로 결정했다.

그 시기에 사진보도라는 아이디어는 완전히 새로운 발상이었다. 그는 미래의 사회학자이자 정치가인 구스타프 스테펜(Gustaf Steffen, 1864-1929)과 함께 보도사진으로 프랑스 농부들의 상황을 기록하기 위해 프랑스를 여행했다. 기술적인 불운으로 대부분의 사진은 실패로 돌아갔지만, 만약 그의 프로젝트가 성공했다면 그는 스웨덴 최초의 보도사진 기자가 되었을 것이다. 또한 그는 사진이 당시에 일상적이었던 목판기술을 대행해 낼 수 있을 것이라고 생각했으나 그 상당한 계획이 수포로 돌아가자 카메라를 뜻깊은 자전적인 사진 시리즈에 사용했다. 그것은 작가로서 자신이 경험한 것을 묘사하기 위해 테마로 삼은 것에 기초를 두고 있다. 그것은 방법은 다르지만 쉽게 복사한 사진이 특별한 예술작품과 같이 취급되어질 수도 있다고 생각했기 때문이다. 그와 같이 자연주의적인 출발점에서 인상파 미술을 모방한 구도로 찍은 자신의 사진은 구성이나 아이디어면에서 아주 낭만적이었다. 사실 카메라를 멀리 두고 자동셔트로 찍은 자신과 가족사진의 시리즈는 구도나 착상 면에서 시대를 앞서가는 생각이었다. 거의 자동셔터로 사진을 찍었지만 첫 부인, 시리의 보조를 받기도 했던 그는 1886년 스위스에서의 행복했던 시절을 틀 속에 갇힌 사진이 아닌, 가족의 실질적인 순간들의 기념사진을 찍어 '인상파 사진'이라 명명하기도 했다.

청년기에 화학을 전공하기도 했던 그는 자연과학에 지속적으로 관심을 갖고 연구하며 1890년대에는 컬러사진, 식물, 천체, 서리와 빙화(氷花)의 과학적인 실험을 시도하기도 했다. 당시의 사진은 종종 예술적인 잠재적 요인과 함께 자연 과학적 실험을 위해 구름의 형태와 거리를 테마로 다루었다.

그 후, 1907-1908년, 다양한 구름의 구성을 연구하기도 했던 그는 구름의 모습과 위치를 정리해 스케치하여 사진과 함께 책으로 펴내기도 했다. 또한 카메라와 렌즈를 사용하지 않고 사진 감광판을 땅바닥에 놓고 밤하늘을 직접 촬영해 '천체사진'이라 명명하기도 했다. 그는 사물을 왜곡하는 렌즈를 불신하여 진실되고 객관적인 하늘의 사진을 찍길 원했던 것이다. 그에게 문학과 사진은 사실을 분석하는 유일한 도구였고, 사진에 대한 그의 관심은 다양했다.

그는 사실적이고 심미적인 원칙하에서 자연주의적 기록사진, 자신의 심리가 표출되는 초상화와 자서전적인 다큐맨터리 사진 시리즈, 과학 실험사진, 낭만주의 혹은 인상주의, 그리고 절반의 오큘티스트 사진 구성이 주를 이루었다. 카메라와 필름이 실체를 왜곡할 수 있다고 믿었던 그였기에 실험적인 사진에는 카메라와 사진용 필름을 채택하여 천체를 담은 하늘을 담아내려 했다.

앞서 언급했듯이 사진에서 자신의 문학작품과 마찬가지로 진실을 추구했던 그는 간헐적으로 성공적인 사진작품을 탄생시켰다. 비록 기술적인 불운으로 그가 계획한 보도사진은 무산됐지만 새로운 분야를 창조해 내며 사진 역사에 아방가르드적 공적을 쌓았던 인물이기도 하다.

안타깝게도 현재 스트린드베리이의 사진작품은 60점 정도만 보존되어 전해지고 있지만, 그가 꿈꾸었던 화보집은 그의 사후 100년이 지난 2012년, 자신의 일대기를 담은 두 권의 방대한 화보집으로 태어나 타인의 손에 의해 세상에서 빛을 보게 되었다.

# 작품 배경과 해설

## 꿈(Ett Drömspel, 1901)

〈인페르노 위기(Inferno Kris)〉로 죽음의 고비를 넘기는 과정에서 아우구스트 스트린드베리이(August Strindberg)는 인도 신화에 관심을 보이며, 새로운 형태의 무대연출과 희곡을 창작해 냈다. 즉, 당시 상징주의자들에게 관심의 대상이었던 인도 연극과 함께 인도 신화, 아르투르 쇼펜하우어(Arthur Schopenhauer, 1788-1860)의 허무주의와 타자의 감정에 대한 공감으로, 범우주적 동정심, 그리고 불교사상에 기초한 '몽환극', 《꿈, 1901》이 탄생되었다.

연극사에 있어 그는 비극의 아버지로 불리는 아이스킬로스(Aischylos, BC 525-BC 456)에서 상징주의까지 '몽환극의 테크닉'으로 무대 위의 꿈을 개괄적으로 창출해 냈다. 상징주의의 기초를 만든 대표적 인물 중의 한 사람이기도 한 그는 자연주의적 연극을 발전시켜, 새로운 형태의 상징주의 희곡에서 꿈이란 베일을 통해 보이는 현실세계를 펼쳐 냈다. 스트린드베리이 희곡의 정점에 달한 걸작, 《꿈(Ett drömspel)》은 소위 '유랑 드라마(Vandringsdrama)'라 부르는 네 편의 '몽환극(Drömspel)'인 《행복한-페르의 여행(Lycko-Pers resa)》,《다마스쿠스를 향하여(Till Damaskus)》,《꿈(Ett drö mspel)》,《회복의 여정(Den stora landsvägen)》 중의 한 작품으로 의식과 잠재의식을 오가는 표현주의 드라마의 선구자로 꼽힌다. 또한 허구의 현실이 마치 꿈의 성격을 띠고 있는 것처럼 보이는《다마스쿠스를 향하여》,《꿈》,《유령 소나타(Spök Sonaten)》와 같은 몽환극의 희곡들은 현대 드라마에 혁신을 일으켰으나 국제적인 맥락과는 달리, 당시 스웨덴 연극계의 풍토에서는 그의 새로운 '몽환극'이 너무 앞서 간다는 단정을 내려 거부감을 보였다.

스트린드베리이는 1901년 10월에서 11월 사이, 실제로 오랫동안 많은 준비를 해 왔던 몽환극인《꿈》을 역사극 집필 후, 즉시 세상에 내놓을 수 있었다.

이 작품은 스웨덴어로 쓰인 가장 괄목할 만한, 그리고 가장 의미 심장한 걸작으로 수 없이 많은 작품 해석과 분석을 해왔음에도 불구하고 아직도 미궁에 빠진 채 남아있다. 종교적 중심사상은 불교적 색채를 띠고 있지만, 인도 신화와 기독교적 배경이 잠재적으로 내재되어 있음을 느낄 수 있다. 다만 그가 집필하는 동안 새롭게 추론하기 시작하여 "인간들이 불쌍하다(Synd om människorna)."라는 테마가 작품 전체를 지배하고 있듯이 생의 이미지를 다루고 있음은 확연한 사실로 해석되고 있다. 그는 "인간의 문제점은 서로 괴롭히고 고통을 주는 것이다"라고 정의를 내리며, "인간은 악하게 태어난 것이 아니라, 자신의 삶에 의해 악해진다"는 것과, "고난은 인간들에게 삶을 깨닫게 해 준다"는 생각에 몰입했다. 작가는 다양한 에피소드 속에서 간접적으로 제시하는 의문을 통해 우리 생의 문제를 풀어보려고 했다: 왜 하늘은 우리 인간들을 지옥 같은 세상에서 이토록 끔찍한 고난 속에 살게 하는가?

이 작품의 집필 동기의 배경은 세 번째 결혼의 파경을 맞아 부인, 하리에 부쎄(Harriet Bosse)가 임신한 채 그를 떠났다. 그 후, 죄의식으로 40일 동안 고통스러운 나날을 보냈던 스트린드베리이는 인생이란 단 하나의 꿈에 지나지 않는다는 결론에 봉착했다. 자살을 생각하기도 했던 심경을 그의 신비의 일기, 《오쿨타 다그부겐(Ockulta Dagboken)》에서 발견할 수 있다. 그러나 아내 하리에 부쎄(Harriet Bosse)가 다시 그의 곁으로 돌아와 두 사람의 화해가 이루어진 기쁨과 갑작스레 당면한 극적인 변화의 상황에서 창작된 《꿈》은 "나의 가장 사랑스러운 드라마이자 가장 고통스러운 상황에서 잉태한 나의 분신이다."라고 고백한 스트린드베리이의 가슴 벅찬 심경을 미루어 볼 수 있다. 그는 이 작품을 자화상적 배경을 공유하는 '몽환극', 《다마스쿠스를 향하여》와 동일한 맥락에서 《꿈》이라 명명했다. 이 드라마를 이해하기 위해서는 작가의 깊은 절망감으로 인한 자포자기의 상황과 젊은 세 번째 부인인 배우, 하리에 부쎄에게 강렬하게 사로잡힌 그의 영혼의 움직임을 먼저 파악해야만 할 것이다.

사실 개개인이 꾸는 일반적인 꿈이란 특별한 것으로 아주 꾸밈없이 자연스러운 것이다. 스트린드베리이는 꿈속에서는 시간과 공간이 존재하지 않을 뿐만 아니라 모든 것이 가능한 것이라고 주장하며 자신의 삶을 꿈의 형태 속에 펼쳐내려 시도해 보았다. 그의 인생 체험, 그 가운데 만난 사람들, 인생철학을 비범한 이미지로 그려내며, 고난과 슬픔 그 자체를 혼합하여 작품 속에 묘사해 냈다.

작가는 첫 번째 몽환극, 《다마스쿠스를 향하여》와 연장선상에서 《꿈》을 창작해 내어 외견상으로는 논리적인 형태를 취하지만 부조리한 꿈의 형태를 흉내 내어 무대에 올려보려 구상했다. 그는 《미스 줄리〉에서 새로운 시도로 자연주의 연극에 대한 설명을 서문에서 피력했듯이, 몽환극에 대한 이론을 《꿈》의 서문에 덧붙이기도 했다: "꿈속에서는 무슨 일이든 일어날 수 있고, 가능하기도 하며, 존재할 수 있기 때문이다. 시간과 장소가 존재하지 않는 가운데, 추억, 경험, 자유사상, 부조리, 즉흥시가 어우러져 혼합된 형태로 평범한 현실의 바탕 위에 환상을 엮어나가며 새로운 패턴을 짜서 나간다. 등장인물들이 둘로 나눠지기도, 늘어나기도 하며, 두 배가 되기도, 사라지기도 하는 가운데 내용이 방대하고, 흩어졌다가, 다시 모아지곤 한다.

그러나 한 의식 있는 자, 즉 이상주의자를 다른 등장인물들보다 우수하게 그려내며 그에겐 어떤 비밀이나 모순, 양심의 가책, 규정 같은 것은 찾아 볼 수 없다. 작가는 심판하지 않고, 다만 조심스럽게 언급해 나가며, 오로지 대화 속에서 자연스럽게 풀어 나갈 뿐이다. 불안정한 줄거리를 통하여 꿈은 대부분 고통스럽고, 번번이 상쾌하지 않은, 전반적으로 우울한 톤으로 전개되며, 주된 메시지는 지상에 존재하는 인간들에 대한 동정심을 "인간들이 불쌍하다(Det är synd om människorna)"로 표현하고 있다. 그것은 한 개인적인 차원에서가 아닌, 인류 전체의 불완전한 인간에 대한 인류애적인 동정심, 즉 우리가 유사한 고통을 경험한 적이 없다면, 타인의 고통에 공감할 수 없을 것이며, 자신의 고통에 대한 과거 경험과 그것에 대한 기억에 의존하여 타인에 대한 동정심을 갖게 되기 마련이라는 점을 시사한다. 다시 말해 자신의 고통에 대한 회상이나 기억과 회환으로부터 타인의 고통에 대한 인식을 시작하여 경험으로 추론하며 생겨나는 감정과 모든 존재가 지닌 근원적 통일성에 바탕을 둔 쇼펜하우어(Arthur Schopenhauer, 1788-1860)의 형이상학적 허무주의 개념과 그리스도교, 인도신화 그리고 불교사상에서도 그 맥락을 찾아볼 수 있다.

꿈속에서 구원자는 종종 곤혹스러운 모습으로 주어진 역할을 해 낸다. 그러나 인간이란 곤경에 처할 때야 비로소 눈을 뜨게 되고, 그 고난을 겪는 자는 고통스럽긴 하지만, 결국은 현실을 극복하게 되며, 반면에, 현실이 아무리 고통스럽다 할지라도 이러한 순간에 그 괴로 웠던 꿈과 비교하며 기쁨을 향유하게 되는 것을 묘사했다.

이와 같은 특징의 기초인 아일랜드의 국민연극 운동의 거점인 아 베이 극장(Abbey Theatre)과 대표적인 모리스 메떼르링크(Maurice Maeterlinck, 1862-1949)와 나란히 현실 너머의 세계를 느끼게 하는 스트린드베리이적 '몽환극의 테크닉'은 후일 초현실주의에 이르게 된 다. 그에 힘입어 현대의 추상적 연출을 강조하며 표현주의로 접근한 독일의 연출가, 막스 라인하르트(Max Reinhardt, 1873-1943)와 반-사실적 관점으로 연출한 스웨덴의 울로프 몰란데르(Olof Molander, 1892-1966)는 결국 스트린드베리이가 사용한 용어인 "반-현실(Halvrealitet)"에 의견을 함께 모았다. 모든 예술작품의 형 태에 나타나는 스트린드베리이적 정신세계 속의 중심이 되는 가장 큰 세 개의 골자는 심연 속에 간직하고 있는 민감한 이미지들, 환상과 잊 어버릴 수 없는 추억들이다. 그는 세상의 수수께끼를 불교사상에 근 거하여 인생은 하나의 꿈에 불과하며 지상의 삶은 지옥과 같고 인간 들은 유령과 같은 허망한 존재라고 재해석 해 냈다.

이미 언급했듯이 《꿈》은 스트린드베리이의 정신적인 실체와 내면 의 세계를 그린 작품으로, 작가는 머리말에서 《꿈, Ett drömspel》의 전형은 《다마스쿠스를 향하여, Till Damaskus》라고 피력했다. 세계 를 피난처로 보고 그곳에 자신의 등장인물들을 설정하여 환상적인 현 실세계를 다양한 에피소드로 묘사해 나간다. 관객을 일반적인 지상의 삶이 아닌 꿈속으로 끌어들여 개념적인 사고보다는 음악과, 독백 형식의 서정적이고 마술적인 언어와 시각적인 암시성, 침묵, 시공이 비켜가는 것과 같은 설정으로 관객의 지적 경험, 무의식 세계의 감정에 호소하며, 신비롭고 종교적인 색채, 본질 탐구, 세계관에 영향을 주고 있다. 그것은 환상과 상징이 결합된 작가의 내면적인 생각과 관심, 정서적 체험에서 나온 것으로 극작가의 강한 주관적인 관점을 객관화시켜 무대 위에 올려놓았다. 또한 환상과 현실이 교묘하게 교차되는 가운데 작중인물들은 꿈속에서 현실세계의 실제 인물로 보이기도 한다. 등장인물의 명칭 또한 서막에서 보여준 천상에서 지상으로 내려온 인드라 신의 딸이 '딸'로, '장교', '변호사' 등 무명으로 일반적인 신분의 명칭을 붙여 개성의 상실, 개인을 초월하여 사회 각계각층의 집단 내지 전 인류를 대변하는 것으로 인간적인 가치를 분석, 인간의 내적 진실을 파악하려 노력했다. 또한 관객의 직접적인 공감을 불러일으키며 감추어진 인간의 심적 감정을 들추어내는 대사는 은유적으로 상징과 긴 서정적 독백 형식, 또는 시적이며 환상적, 열정적으로 관객의 공감을 불러일으키게 한다.

극의 플롯이나 구조는 에피소드에 따라 다르게 구성되었고, 극작가 자신을 대변하는 몽상가에 의해 자아, 영혼의 주관적 감정 표출, 인간 내면의 심리적 표현, 관객과의 교감이 이루어질 수 있도록 했다. 주관적이고 능동적인 영혼의 외침. 인간의 주체성 회복과 만상의 본질을 찾으려는 의도에서 상징주의적-표현주의에 의거해 줄거리 전개를 관망하며 의식과 잠재의식 사이를 방황한다. 또한 신의 존재를 상실하고 정신적 안주를 찾지 못해 부유하는 인간의 내적 갈등, 소외, 실존의 곤고함, 방황하는 현대인의 인생 문제와 심리상태, 현실 묘사가 아닌 그들이 처한 정신적 의식세계의 문제점을 근본적으로 파헤쳤다. 스트린드베리이는 거의 모든 작품에서 희생자, 선구자, 혹은 구원자가 작가의 목소리로 그의 의도를 대변케 한다. 역시 《꿈》에서도 작가의 대변자는 '장교', '변호사' 그리고 '시인'으로 서로 논쟁하고 토론하는 그들의 대사를 살펴보면, 스트린드베리이가 자기방어의 성격을 띤 인물들을 묘사한 과거의 작품들과는 다른 면모를 찾아 볼 수 있다. 한 예로, 오페라 좌의 광장에서 영원한 기다림 가운데 늙어가는 '장교'의 모습으로 작가 자신의 자화상을 그려내며 드라마 속에 또 하나의 드라마로 풍부한 시성을 담아 서정적이고 몽상적인 무대를 창출해 내는 탁월성을 감지할 수 있다.

극의 기초적 분위기와 반복적인 주제는 불교철학과 그와 상통하는 기독교 사상, 허무주의 철학, 우주적 동정심의 쇼펜하우어의 철학과 그의 제자 하르트만(E. von Hartmann, 1842-1906)의 인생론이 결부되어 있다. 쇼펜하우어는 인생이란 기나긴 꿈으로 이어지는 밤이며, 인간은 그 꿈속에서 다양한 악몽에 시달리며 고통을 겪으며 살아가고 있다고 주장한다. 그러나 인간에 대한 연민과 금욕, 예술과 휴식을 주는 잠은 인간의 고통을 한시적으로 나마 가볍게 덜어주는 삶의 기쁨을 안겨준다고 해명하기도 한다.

환상과 절망 사이에서 영속적으로 갈피를 잡지 못하는 인간의 삶을 묘사한 《꿈》은 주인공 '인드라(Indra) 신의 딸'이 인간세계를 체험하려고 지구로 내려와 지상의 고통스러운 삶을 살며 겪는 내용으로, 주제는 이 세상을 살아가는 인간에 대한 연민을 느끼는 주인공의 수없는 독백인 "인간들이 불쌍하다(Det är synd om människorna)"가 은유적으로 작품 전체에서 전달되고 있다. 주인공, '인드라 신의 딸'은 변모되어 다양한 유형의 인물로 묘사되고 있다: '유리 장수'의 **딸**, '오페라의 문지기', '변호사'와 결혼하고 마지막엔 '시인'과 함께 하기도 한다. 그와 같은 변신의 배경은 이 극의 서막에서 설명해 주고 있다.

막이 오르면 주인공 '인드라 신의 딸'이 미지의 세계인 지구에 내려와 먼저 지상의 삶을 상징하는 직업과 다양한 사회계층의 유형들을 만나 인간 세상의 다반사를 체험하는 과정을 암시적으로 표현해준다: **'매일 자라는 성**' (아름답고 거대한 이상적인 현실 세계와 자유), 굳게 닫친 오페라 좌의 문 앞에서 미망을 꿈꾸며 기다리는 젊은 **'장교'** (늙을 때까지 오지 않는, 사랑하는 자신만의 '빅토리아'의 이름을 부르며 헛되이 기다리는 몽상가), **'유리 장수'** (자신의 전문분야가 아닌 것조차 가볍게 생각하고 자만심에 차 있다), 오페라 좌의 **'문지기 여인'** (지혜의 신, 마야(Maya)를 상징하며 찾아오는 사람들의 끝없는 불평과 고통을 자신의 숄에 가득 담아내고 있다), **'광고업자'** (그의 꿈은 채그물과 초록색 활어 탱크를 갖는 것이다. 그는 소원이 이루어졌음에도 불구하고 만족하지 못한다. 원하던 초록색 활어 탱크를 얻었지만 자신이 원하던 정확한 초록 색깔이 아니라고 불평한다), **'변호사'** (세상의 모든 고뇌와 절망을 품고 살아가는 자), **'아그네스'** (동정심으로 변호사와 결혼하지만 생각과 같지 않은, 현실 속의 지옥 같은 결혼생활을 견디지 못해 남편과 자식을 떠나 시인과 함께 한다). '스캄순드' (Skamsund; 불명예스러운 해협의 의미)에 있는 **'방역 검역소 소장'** (자신이 주최한 가면무도회 전에 섬을 찾은 연인들을 격리시켜 전염병 검사를 하여 의무를 다한다), **'시인'** (창작 활동을 위해 매일 지상의 삶의 상징인 진흙탕에서 목욕을 한다), '스캄순드'의 맞은편에는 파라다이스로 불리는 **파게르빅'** (Fagervik; 아름다운 만(灣)이란 의미) 섬에 저택을 '소유한 자' (물질적 풍요로움에도 불구하고 그는 '장님' 으로, 주변의 악의를 가진 사람들에 의해 시기와 질투의 대상), 못 생긴 '에디트' (추한 외모로 인해 이성으로부터 춤 권유를 받지 못한다), '박사학위를 가진 자' (어린 학생들 틈에 앉아 질문에 아무 대답도 못하고, 2x2의 계산도 못한다. 그런데도 왜 자신이 그곳에 있어야만 하는지에 대한 의문을 제기하고 있다), 지중해 연안의 '석탄광의 광부들' (부자들의 화려한 생활환경과는 상반된 비참한 여건 속에서 곤고한 삶을 살며 사회에 대한 증오심을 토로한다), 핑갈 동굴 속의 **파도가 실어 오는 물결의 노래** (인간들의 불평을 바람에 실어 노래한다), 드디어 기다리던 신비에 싸인 오페라 문이 열리고, 신학, 문학, 법학, 의학, 네 개 학부의 '대학의 학장' 들(학문의 본질에 대한 문제를 이기적으로 논쟁하는 모습으로 대학과 교육, 관습과 도덕성, 조직사회에 대한 신랄한 비판), '시인' (고통스러운 인간 세상의 원망과 불평을 시로 전한다.)

극이 진행되는 동안, 열리지 않는 성문 앞에서 장교는 늙어갔고, 그가 들고 있던 장미 꽃다발은 시들어버렸지만 포기하지 않고 기다리는 그의 빅토리아는 스트린드베리이 자신의 빅토리아를 상징하고 있다. 첫 번째는 첫 부인 시리(Siri von Essen), 두 번째 빅토리아는 세 번째 부인 하리에 부쎄(Harriet Bosse))다. 또한 네 잎 클로버 형태의 구멍이 뚫려 있는 열리지 않는 이상한 문이 있다. 우리의 삶처럼 그 뒤에 무엇이 있는지는 아무도 모른다. 그 열리지 않는 문은 어디로 통하는 것일까? 그곳에 인생의 모든 비밀이 있는 것이 아닐까? 세상의 수수께끼에 대한 신비주의자들의 개념이 열리지 않는 문에 대한 대사에서 중심 핵심을 찾아 볼 수 있는, 아주 신선하고 풍부한 상상력에서 탄생된 모든 생동감 있는 극적 요소는 유래에 없는 강한 윤곽으로 그 누구도 회피할 수 없는 매혹적인 스트린드베리이적 특징이다.

무대의 이동은 눈 깜짝할 사이에 이루어지고, 등장인물들은 벽 속으로 바로 사라지기도 하며, 시간과 장소는 존재하지 않는다. 관객은 유령과 같은 꿈의 세계를 오가지만, 우리가 현실 속에 현존하고 있는 것과 같은 인상을 받게 된다. 그러나 주목해야 할 사실은 스트린드베리이 자신의 꿈을 적용시키기도 하고, 혹은 논리성이나 전후 관계의 맥락을 무시하지 않고 새로운 꿈의 무대를 꾸몄다는 것이다. 그에게 시는 깨어 있는 꿈으로써, 시의 세계의 배경에는 마치 꿈속에서나 있을 법한 일이 우리 현실 속에 깔려있고, 그가 체험한 모든 삶의 모자이크가 과연 환상인지 현실인지는 관객에게 열어 두었다. 그것은 우리의 삶 자체가 환상에 지나지 않는 것이기에 사실을 무지막지한 표면적인 것이 아닌 정신적 인식의 문제로 다루었고, 에피소드 속에 자신의 결혼생활의 갈등과 내면적 현실세계의 특징을 재해석하여 작품의 중심사상으로 다루었다.

앞에서 언급했듯이, 그는 불교사상과 쇼펜하우어적인 인간에 대한 범우주적 동정심, 부조리한 세상 등을 보여주는 것을 통해 우리 생의 문제를 풀어보려고 시도했다. "왜 하늘은 우리 인간들을 이토록 끔찍한 고통 속에 살게 하는가?" 우리 인간들은 기대하는 모든 것이 현실화되길 희망하지만, 어쩌면 결코 이루어지지 않을 수도, 혹은 자신이 기대하고 있던 방향으로 나아가지 않을 수도 있다. 또한 소망과 무엇인가 더 나은 것을 기대하는 영원한 기다림이 영속적으로 좌절되어 버리는 것을 경험하면서 결국 단 한 가지 희망이 남아있는 것은 삶이란 단지 악몽에 지나지 않고 더 나은 존재의 깨달음을 얻게 되는 것은 오로지 죽음만이 해결할 수 있다고 주장하고 있다.

결론적으로 우리의 허망한 삶을 복잡하게 만드는 것은 인간의 허영심과 탐욕이라는 사실에 도달하게 된다: 실패, 노력, 기대에 어긋나는 것, 행복에 대한 무의미한 갈망 등 ⋯ 결국 그 모든 고통은 우리 인간의 카르마(Karma)에서 유래된다는 주장을 하고 있다.

극의 마지막 장면은 등장인물들의 퍼레이드로 그들의 삶을 되짚어보는 것으로 해석할 수 있다.

그 모든 지난날의 회상 속에는 고통으로 가득한 삶이 그려진다. **'인드라 신의 딸'**은 지상을 떠나기 전에 먼저 자신의 신발을 불속에 던져버리고 발의 먼지를 털어낸다. 그런 후, 등장인물들은 자신이 지닌 비밀의 베일을 벗기기 위해 무대로 나와 자신들의 개인적인 속성이나 특징들을 미련 없이 불꽃 속에 던져버린다. **'문지기 여인'**은 인간들의 불평과 한이 담긴 쇼올을, **'장교'**는 장미 꽃다발을 '광고업자'는 광고물을, '유리 장수'는 다이아몬드 칼을, **'변호사'**는 재판을 위한 서류뭉치들을 던져버리고, **'빅토리아'**는 자신의 미모가 그리고 **'에디트'**는 자신의 추함이 그들의 슬픔이라고 고백한다. **'크리스틴'**은 풀칠하는 두루마리 종이뭉치를 들고 들어온다. **'장님'**은 자신의 눈을 위해 그 대신 손을 불속에 바친다, **'방역 검역소 소장'**은 자신의 의지와는 상관없이 그를 고대 무어인(Moors)이 만든 검은 마스크를 던지면서 자신의 작은 공적 또한 아울러 내려놓는다. 휠체어를 타고 들어오는 '돈 후안(Don Juan)'은 교태를 부리는 늙은 애인을 뒤따르며 "서둘러! 서두르자고! 인생은 짧은 거야!"라고 말한다. **'신학대학 학장'**은 순교론 책을 불속에 던지자 **'시인'**은 "이게 뭔지 알아요? — 이건 순교사요; 순교자의 올해의 시간표라고 말한다. '시인'은 '인드라 신의 딸' 에게 인생의 마지막이 가까워졌을 때, 자신의 운명의 몫을 읽었고, 인생행로의 다반사가 단 하나의 행렬 속에서 황급히 지나가 버렸다고 말하며 … 소위 이것이 마지막이란 것인지를 묻는다.

'인드라 신의 딸' 은 지상에서 체험한 인간세계를 정리하여 답 한 다: "[…] 몽상가인 인간의 자손들이여, 시인이여, 삶을 가장 잘 이해 하는 당신; 진흙탕에 빠지지 않고 가볍게 스치기 위해 당신의 날개를 펼쳐 지구를 비행하며, 가끔은 진흙탕 속으로 강하하기도 하겠 죠!………… . 이제 저는 떠나야 해요 … 작별의 이 순간, 사랑하는 친 구들, 그리고 정든 곳을 떠날 때 사랑했던 것을 잃는 슬픔이 어떻게 밀려오지 않겠어요. 게다가 진실에서 벗어났던 것에 대한 회한까지도 … 오! 지금 모든 삶의 고통이 느껴져요! 그래요, 그와 같이 삶이 고통 스럽기만 한 것이 인간이니까 … 소중하지 않았던 사람들까지도 그리 워지겠죠. 인연을 끊지 못한 사람들에 대한 후회도 하겠죠 … 누구나 떠나고 싶을 거예요. 또 누구나 남고 싶기도 하겠죠 … 이토록 가슴이 찢어지는 듯 아플 수가, 대립과 우유부단, 그리고 부조화로 인하여 …

감정이란 감정은 모두 사라져버렸어요. 안녕! 제가 그들을 기억할 것이라는 인사를 당신의 형제들에게 전해주세요.

지금 저는 천상으로 돌아가요, 그래서 당신의 이름으로 인간들의 불평을 최고의 왕좌까지 전달할 거예요. 안녕! 인간들이 너무나 불쌍 하기에! 안녕!

그녀가 성 안으로 들어가자 음악소리가 들려온다! 화염에 싸인 성 에서 타오르는 불꽃으로 무대는 환하게 밝아있고, 벽의 한 면 가득히 의혹에 젖어 슬퍼하는, 절망적인 인간들의 얼굴로 가득 차 있다 … 불 타고 있는 성의 지붕 위의 채광창으로부터 거대한 국화꽃 꽃봉오리

한 송이가 활짝 피어난다."

《꿈》의 마지막 장면은 죽음을 의미하는 상징성을 지닌, 즉, 해방을 의미하는 것이다. 이 걸작에서 부유, 복잡성과 창조적 능력으로 스트린드베리이의 다성 음악적인 신화들이 특별히 두드러지게 돋보이고 있다. 즉 인도 신화, 그리스 신화, 성경 이야기, 대승불교 사상, 고대 혼합주의적 종교운동인 영지주의(靈知主義; Gnosticism), 방랑생활을 하는 기사도 제도와 〈천일의 야화〉 등, 많은 출처로부터 따온 요소들이 명백하게 혼합되어 환상적인 무대를 펼쳐 보여주고 있다.

1907년 4월 17일, 스톡홀름에서 초연이 있은 후 그 뒤를 이어 1916년, 베를린을 선두로 국제무대에 선보이기 시작하여, 오스트리아, 덴마크, 홀란드, 미국, 프랑스, 핀란드, 체코, 스위스, 폴란드, 이탈리아, 이스라엘, 영국/스코틀랜드, 일본 … 등, 수많은 국가에서 공연되었고 TV, Radio 극과 오페라로 재생산되기도 했다. 2012년, "아우구스트 스트린드베리이 100주기 기념축제"의 한 작품으로 본인이 번역한 《꿈》이 서울 대학로에서도 막을 올렸다.

우리는 이 작품을 접하며 텍스트를 소화하는 문제뿐만 아니라 대사에 응축되어 있는 세계상과 가치체계를 이해하는 문제에 부딪히게 된다. 단순히 인생이란 수수께끼를 푸는 것이 아닌, 우리에게 주어진 정의와 죽음 그리고 삶의 의미를 바꾸려는 스트린드베리이의 내적 투쟁을 느낄 수 있어야 할 것이다.

작가 스스로 "몽환극 《꿈》은 내 생의 이미지다."라고 고백했듯이 우리는 이 작품을 통해 인생이란 꿈같이 허망한 것이라는 작가의 견해를 공감할 수 있지 않을까? 또한 인드라 신의 딸이 반복적으로 "인

294

간들이 불쌍하다!(Det är synd om människorna!)"라고 말한다. 작가는 그녀를 통해 인류애에 기초한 범우주적 동정심의 형이상학적 차원에서 숙고해 보아야만 할 문제를 제시하고 있다.

스트린드베리이는 닫힌 성문 안의 뒤죽박죽인 세상의 성문을 열어 변화된 새로운 세계를 꿈꾸었던 것이 아닐까? 하느님이 사랑하는 세상! 즉, 이웃 사랑(인류의 사랑)의 의미를 작가는 작품 속의 등장인물들을 통해 제시하며 우리 사회가 지키고 행해야 할 숙제를 던져주지 않았을까?

# 아우구스트 스트린드베리이의 작품 연보

요한 아우구스트 스트린드베리이(Johan August Strindberg)는 1849년 1월 22일 스웨덴의 수도 스톡홀름의 리다르홀멘(Riddarholmen)에서 태어나, 1912년 5월 14일 마지막 보금자리인 블로 토-넽(Blå tornet)에서 위암으로 사망했다.

그는 스웨덴을 대표하는 최고의 작가로, 세계적인 극작가로서 명성을 떨쳤다. 동시에 연출가, 소설가, 시인, 과학자, 화가, 사진작가, 언어학자, 사상가, 사회비평가… 등, 다양한 삶을 살며 새로운 쟝르와 사조를 탄생시킨 타의 추종을 불허하는 천재적인 인물이다.

그에게 영향을 끼쳤던 사상가로 특별히 킬케고르(Søren Kierkegaard, 1813-1855), 쇼펜하우어(Arthur Schopenhauer, 1778-1860), 하르트만(E. von Hartmann, 1842-1906), 니체(Friedrich Wihelm Nietzsche, 1844-1900), 스뵈덴보리이(Emanuel Swedenborg, 1688-1772) 등을 들 수 있다.

생전에 남긴 저서로 일기, 국제적으로 명성을 떨치던 많은 지식인들을 비롯하여 600여 명과의 서신교환을 한 10,000여 통의 서간집, 120여 편의 문학작품 중 60편의 희곡, 학술 논문, 언어 연구서, 보도 기사, 그리고 미술작품, 회화 172점, 및 많은 사진작품을 남겼다.

1849–1867: 유년기, 청년기, 학창시절, 교사 및 평신도 설교자.

1867–1874: 웁살라(Uppsala) 대학에서 수학, 공민학교 교사, 저널
　　　　　리스트.

- 자유사상가(Fritänkare,1869).
- 추락하는 그리스(Det sjunkande Hellas, 1869).
- 헤르미온(Hermion, 1870).
- 로마에서(I Rome, 1870).
- 스톡홀름 군도로부터의 이야기(En berättelse från Stockholms
  skärgård, 1871).
- 배척된 자(Den fredlöse, 1871).
- 울로프 선생(Mäster Olof, 1872); 산문집(Prosaupplagan,
  1872).
- 울로프 선생(Mäster Olof, 1872); 운문집(Versupplagan,
  1876).

1875–1882: 국립도서관 서기, 시리(Siri von Essen, 1850–1912)와
　　　　　의 만남과 결혼, 작가로서 데뷔.

- 58년(Anno fyrtioåtta, 1875).
- 바다로부터-이곳 저곳(Från havet – Här och där).
- 그와 그녀(Han och hon, 1875–76).
- 피에르딩엔과 스봐르트백겐으로부터(Från Fjärdingen och
  Svartbäcken, 1877).
- 문화사 연구(Kulturhistoriska studier, 1872–80).
- 빨간 방(Röda rummet, 1879).
- 협회의 비밀(Gillets hemlighet, 1879–80).

- 옛 스톡홀름(Gamla Stockholm, 1880-82).
- 행복한 페르의 여행(Lycko-Pers resa, 1881-82).
- 스웨덴 민족의 축제와 노동 …(Svenska folket i helg och socken …, 1881-82).
- 벵트씨의 부인(Herr Bengts Hustru, 1882).
- 새로운 제국(Det nya riket, 1882).
- 스웨덴의 운명과 모험(Svenska öden och äventyr, 1882).

1883-1888: 프랑스, 스위스, 독일, 덴마크에서의 자의적 망명생활,
결혼의 위기.

- 다수의 모음집(Flera samlingar, 1883-84, 1890-91).
- 운문체와 산문체의 시(Dikter på vers och prosa, 1869-83).
- 각성하는 날들의 몽유병의 밤들(Sömgångarnätter på vakna dagar, 1883).
- 평등과 불평등 I-II(Likt och olikt I-II, 1884).
- 무산계급을 위한 작은 교리문답집(Lilla katekes för underklassen, 1884).
- 재산 몰수 여행(Kvarstadsresan, 1884).
- 프랑스 농민들 가운데에서(Bland franska bönder, 1886).
- 생체해부 II(Vivisetioner II, 1887).
- 친구들(Kamraterna, 1886).
- 약탈자(Marodörer, 1886-87).
- 결혼 I(Giftas I, 1884).
- 양심의 가책(Samvetskval, 1884).
- 현실 속의 유토피아(Utopier i verkligheten, 1885)

- 결혼 II(Giftas II, 1886).
- 하녀의 아들(Tjänstekvinnans son, 1886).
- 아버지(Fadren, 1887).
- 헴 섬의 주민들(Hemsöborna, 1887).
- 미치광이의 항변(En Dåres Försvarstal, 1887-88)
- 미스 쥴리(Fröken Julie, 1888).
- 채권자(Fordringsägare, 1888).
- 군도에 사는 어부의 삶(Skärkarls liv, 1888).
- 챤달라(Tschandala, 1888).
- 꽃그림과 동물의 조각(Blomstermålningar och djurstycken, 1888).

**1889-1892: 스톡홀름(Stockholm) 군도와 유스홀름(Djursholm)에 서의 생활.**

- 강한 자(Den Starkare, 1888-1889).
- 천민(Paria, 1889).
- 알제리의 열풍(Samum, 1889).
- 민중 극 헴 섬의 주민들(Folk-komedin Hemsöborna, 1889).
- 군도의 변두리에서(I havsbandet, 1889-90).
- 죽음 앞에서(Inför döden, 1892).
- 첫 번째 경고(Första varningen, 1892).
- 차변과 대변(Debet och kredit, 1892).
- 모성애(Moderskärlek, 1892).
- 불장난(Leka med elden, 1892).
- 끈(Bandet, 1892).

1892-1898: 베를린과 오스트리아에서 망명 생활, 프리다 울(Frida Uhl)과의 두 번째 결혼, 빠리에서의 인페르노 위기(Inferno Kris), 이스타드(Ystad)와 룬드(Lund)에서의 삶.

- 안티바바루스 I(Antibarbarus, I, 1893).
- 생체해부 II(Vivisetioner II, 1887).
- 식물원 I-II(Jardin des plantes, I-II, 1895).
- 스웨덴의 자연(Sveriges natur, 1886-96).
- 인페르노(Inferno, 1897).
- 전설(Legender, 1898).
- 다마스쿠스를 향하여 I-II(Till Damaskus, 1898).
- 수도원(Klostret, 1898).
- 강림절(Advent, 1898).

1899-1907: 귀향, 스톡홀름 군도(Skärgården)에서의 삶. 하리에 부쎄(Harriet Bosse)와 세 번째 결혼.

- 죄와 죄(Brott och brott, 1899).
- 폴쿵아 이야기(Folkungasagan, 1899).
- 구스타브 봐사 왕(Gustav vasa, 1899).
- 에릭 14세(Erik XIV, 1899).
- 구스타프 아돌프 왕(Gustaf Adolf, 1900).
- 미드썸머(Midsommar, 1900).
- 사육제 마지막 날의 어릿광대(Kaspers fettisdag, 1900).
- 부활절(Påsk, 1900).
- 죽음의 춤 I-II(Dödsdansen I-II, 1900).
- 황녀(Kronbruden, 1901).

- 백조(Svanevit, 1901).
- 카알 12세(Carl XII, 1901).
- 다마스쿠스를 향하여 III(Till Damaskus III, 1901).
- 엥겔브레크트(Engelbrekt, 1901).
- 크리스티나 여왕(Kristina, 1901).
- 꿈(Ett drömspel, 1901).
- '파게르빅' 과 '스캄순드'(Fagervik och Skamsund, 1902).
- 수도원(Klostret, 1902).
- 구스타프 III세(Gustaf III, 1902).
- 네델란드인(Holländarn, 1902).
- 영웅담(Sagor, 1903).
- 뷔템베리이의 나이팅게일(Näktergalen i Wittemberg, 1903).
- 고독(Ensam, 1903).
- 여트족의 방들(Götiska rummen, 1904).
- 흑기들(Svarta fanor, 1904).
- 말의 유희와 작은 예술(Ordalek och småkonst, 1902-05).
- 역사적 모형(Historiska miniatyrer 1-2, 1905).
- 새로운 스웨덴의 운명(Nya svenska öden, 1905).
- 상량식과 희생양(Taklagsöl, Syndabocken, 1906-07).
- 푸른 책(En blå bok, 1906-08).
- 악천후(Oväder, 1907). Kammarspel, Opus I.
- 타버린 대지(Brända tomten, 1907). Kammarspel, Opus II.
- 유령소나타(Spöksonaten, 1907). Kammarspel, Opus III.
- 죽음의 섬(Toten-Insel, 1907).
- 펠리컨(Pelikanen, 1907). Kammarspel, Opus IV.

1908-1912: 마지막 보금자리, "블로 토-넽(Blå Tornet)"에서의 삶. 자신의 〈인팀마 테아테른(Intima teatern)〉 소속인 18세의 배우, 파니 팔크네르(Fanny Falkner)와의 마지막 염문. 1912년 5월 14일 위암으로 사망.

- 마지막 기사(Sista riddaren, 1908).
- 아부 카셈의 슬리퍼(Abu Casems tofflor, 1908).
- 통치자(Riksförestandaren, 1908).
- 야알 비앨보(Bjälbo-Jarlen, 1908).
- 검은 장갑(Svarta handsken, 1908). kammarspel, Opus V.
- 인팀마 테아테른의 단원들에게 전하는 메모(Memorandum till medlemmarna av Intima teatern, 1908).
- 신비의 일기(Ockulta dagboken, 1896-1908).
- 인팀마 테아테른의 소속 배우들의 추억(Memorandum till medlemmarna på Intima teatern, 1908).
- 인팀마 테아테른에 보내는 공개장(Öppna brev till Intima teatern, 1909).
- 회복의 여정(Stora landsvägen, 1909). 마지막 희곡 — 일곱 정거장을 그린 유랑 드라마.
- 성서적 명칭(Bibliska egennamn, 1910).
- 모국어의 계통(Modersmålets anor, 1910).
- 스웨덴 국민에게 고 함(Tal till svenska nation, 1910).
- 국민을 위한 국가(Folkstaden, 1910).
- 종교적 르네쌍스(Religiös renässans, 1910).
- 세계언어의 어원(Världsspråkens rötter, 1910).
- 중국과 일본(Kina och Japan, 1910-11).

- 중국어의 기원(Kinesiska språkets härkomst, 1912).
- 러시아 황제의 전령 혹은 갈음질꾼의 비밀(Czarebs kurir eller sågfilarens hemligheter, 1912).
- 푸른 책의 후속편(En extra blåbok, 1911-12).

기타: 600여명과의 서신교환과 일기는 그의 연구에 중요한 역할을 하는 중요한 자료로 높이 평가되고 있다.
- 서간집I-XV(Correspondance, 1858-1907), 현재 22권으로 출간되어 있다.
- 출생에서 마지막 보금자리까지(Från Fjärdingen till Blå Tornet, 1870-1912).
- 하리에 부쎄에게 보내는 편지(Till Harriet Bosse)
- 하리에 부쎄에게 보내는 되찾은 편지(De återfunna breven).
- 나의 딸 셔스틴에게 보내는 편지(Brev till min dotter Kerstin).
- 신비의 일기(Okulta dagboken, 1896-1908). etc.

# 역자 소개

**이정애**

한국 외국어대학 독일어과 졸업 후, Sweden, Stockholm University에서 유학하며 스트린드베리이를 전공하고, France Paris의 l' Univeristé de la Sorbonne[Paris IV]에서 비교문학 박사 취득.

한국 동서대학교 교수, 영국 Cambridge University 객원교수, 일본 Josai International University에서 재직 후, 현재 미국 Hope International University의 동서대학교 미주 캠퍼스 책임교수로 활동하고 있다.

2012년, 〈스트린드베리이 서거 100주년 기념 페스티벌 〉을 한국에서 기획하고 무대에 올렸다. 또한 페스티벌을 뒷받침하기 위해 〈한국공연예술센터〉의 《한팩뷰》에 1년 6개월에 걸쳐 스트린드베리이의 삶을 소개하는 특별기획 논문 연재와 공연 프로그램의 작품해설을 썼다. 아울러 스트린드베리이가 창단한 극단, 스톡홀름의 〈Intima teatern〉을 초청하여, 두 편의 해외 초청작 번역으로 서울 공연을 가능케 했다.

## 연구 논문, 저서 및 역서

- 〈L'influence des idées bouddiques et des philosophies orientales dans sept oeuvres de August Strindberg après sa crise d'Inferno〉
- 〈Dance of Death by August Strindberg〉
- 〈Kammarspel" Goast Sonata of August Strindberg〉
- 〈The Composition and themes behind "Solitude(Ensam)" by August Strindberg〉
- 〈August Strindberg's life and literary world〉: (기획논문 17편)
- 〈아우구스트 스트린드베리이의 존재론〉: "스트린드베리이 서거 100주년 기념 페스티벌"기념 국제 심포지움.
- 공연 작품의 번역및 작품해설: 《유령 소나타》, 《죽음의 춤 I》, 《펠리컨》, 《채권자》, 《꿈》, 《미스 쥴리》, 《죽음의 춤 II》
- "스트린드베리이 서거 100주년 기념 페스티발" 해외 참가작 공연 번역: 〈미스 쥴리〉, 〈스트린드베리이의 세계〉
- 〈아우구스트 스트린드베리이의 작품세계〉: 《한팩뷰》, 특별기획 연재, (16편)
- 〈Une vue générale sur les Sagas islandaises et les romans japonais au moyen âge〉
- 〈Les études gérmaniques et scandinaves〉
- 〈Astrid Lindgren's fantasy literary world〉
- 《Learner English》(ed.2)
- 《Parlez vous français》(French textbook)
- 《Bröderna Lejonhjärta(빼앗길 수 없는 나라)》 by Astrid

Lindgren

- 《12 published manuscripts for 〈Japan-Korea, International Women's Study Symposium〉》
- 《Hey you! I》(Co-work, English textbook) etc.
- '아우구스트 스트린드베리이 서거 100주년' 기념 출간 희곡 전집 번역.
  - 《아홉 편의 단막극(NIO ENAKTARE)》 vol. 07, 1888-1892: 강한자(DEN STARKARE), 천민(PARIA), 알제리의 열풍 (SAMUN), 차변(借邊)과 대변(貸邊)(DEBIT OCH KREDIT), 첫 경고(FÖRSTA VARNINGEN), 죽음 앞에서(INFÖR DÖDEN), 모성애(MODERSKÄRLEK), 불장난(LEKA MED ELDEN), 끈(BANDET).
  - 《실험극(KAMMARSPEL)》 vol. 20. 1907-1908: 악천후 (OVÄDER), 타버린 대지(BRÄNDA TOMTEN), 유령 소나타(SPÖK-SONATEN), 펠리컨(PELIKANEN), 검은 장갑 (SVARTA HANDSKEN)
  - 《꿈(ETT DRÖMSPEL)》 vol. 17, 1901.
- Korea Air, Beyond, may, 2017: Beyond Special, Strindberg's Story. 자연주의 극작가, 아우구스트 스트린드베리이.